Ilse Kleberger · Damals mit Kulicke

Ilse Kleberger

Damals mit Kulicke

Vom Luftschutzkeller bis zum schwarzen Markt

Mit Zeichnungen von

Kollatz

arani

CIP-Kurztitelaufnahme der Deutschen Bibliothek
Kleberger, Ilse
Damals mit Kulicke: Vom Luftschutzkeller bis zum schwarzen Markt. –
1. Aufl. – Berlin: arani, 1978.
ISBN 3-7605-8532-9

Illustrationen von Hans Kossatz
Einbandgestaltung von Rudolf Flämig unter Verwendung einer farbigen Illustration von Hans Kossatz

Printed in Germany
Lithographie des Einbandbezuges und der Illustrationen: Brandt & Vejmelka, Berlin
Satz und Druck: Saladruck Steinkopf & Sohn, Berlin
Auflagenkennzeichnung (letzte Ziffern maßgebend):
Auflage: 5 4 3 2 1
Jahr: 1982 81 80 79 78

I.
Damals – als die Bomben fielen

Der Schulhof brodelte wie ein Topf kurz vor dem Überkochen. Feste Inseln in dem quirlenden Brei bildeten die Gruppen der Größeren, in denen Jungen und Mädchen, alle in den gleichen Jeans und mit gleichlangen Haaren, eng beieinanderstanden, miteinander diskutierten, die Köpfe zusammensteckten und manchmal in schallendes Lachen ausbrachen. Rundherum tobten die Kleineren mit „Einkriegezeck" und Balgereien. Die Erstkläßler spielten in einer Ecke: „Ist die schwarze Köchin da, nein, nein, nein!" Die „Schwarze Köchin" hatte ich schon auf dem Schulhof gespielt und meine Mutter vor vielen Jahren auch. Die „Schwarze Köchin" ist unsterblich.

Ich drängte mich mühsam durch die Kindermassen, trat auf den Platz vor der Schule und schüttelte mir den Mief nach Kreide, Kinderschweiß und schlechter Luft aus den Kleidern. Hier war es wohltuend still. Eine kleine Böe rauschte in den Kronen der alten Bäume. Ich kannte den Platz genau, obgleich ich Jahrzehnte lang nicht mehr in diese Gegend Berlins gekommen war. Da stand die uralte Schmiede zwischen den paar klassizistischen und vielen engen, grauen, hohen Großstadthäusern. In der Nähe hatte ich einmal gewohnt, aber erst die Einladung, in der Schule am Platz aus meinen Büchern zu lesen, lockte mich wieder hierher. Ich überquerte den Platz und ging vorbei an dem Mann, der seinen verfetteten Pudel spazierenführte, und der Frau mit dem Einkaufsnetz, an die ich mich zu erinnern meinte, obgleich – wie ich erschrocken nachrechnete – über dreißig Jahre vergangen waren. Damals, wie auch heute, war hier keine „feine" Gegend. Arbeiter, jetzt auch Gastarbeiter, und Kleinbürger wohnten hier.

Ich bog um ein paar Ecken und stand in „unserer" Straße. Sie hatte sich nicht sehr verändert – die gleichen Mietshäuser mit den winzigen Balkons und ein bißchen Stuckatur hier und da, so um die Jahrhundertwende gebaut, eng einander gegenüberstehend, so eng, daß man sich mit dem Balkonbesitzer auf der anderen Straßenseite beim Blumengießen unterhalten konnte.

Auch die kleinen Läden, die zum Teil im Souterrain lagen, sahen nicht viel anders aus als damals. Statt der Kohlenhandlung war da ein Gemüsekeller, aber das Milchgeschäft gab es tatsächlich noch, und als ich durch die Schaufensterscheibe blickte, sah ich hinter dem Ladentisch eine alte Frau hantieren. An den Bewegungen, mit denen sie den Tisch abwischte, erkannte ich die damalige Mittvierzigerin wieder, die der jungen Stu-

LCH BUTTER
KOHLEN

dentin ab und zu beim Milchholen heimlich ein Tütchen Bonbons zusteckte, eine hochwillkommene Aufbesserung des knappen Speisezettels. Jetzt mußte sie über siebzig Jahre alt sein. Mindestens vierzig, vielleicht sogar fünfzig Jahre stand sie hier Tag für Tag und verkaufte Milch.

Drei Häuser weiter war ein Neubau an Stelle des ausgebombten Hauses, aber auch er sah nicht viel anders aus als die alten Häuser – noch ein bißchen schmuckloser, mit Balkons, die nicht außen an der Hauswand klebten, sondern in die Front eingebaut waren.

Dort schräg gegenüber stand ,,mein" Haus. Es war neu grellgelb verputzt, so daß es aussah wie eine Matrone, die sich das Kleid eines Backfischs übergestreift hat. Ich öffnete die Haustür. Immer schon war sie so schwer zu bewegen, daß man sich dagegen lehnen mußte. Nun stand ich in dem dämmrigen Flur. Da war der Geruch, den ich längst vergessen hatte, der aber jetzt mit Macht alle Erinnerungen weckte: ein Geruch nach Bohnerwachs, Staub und Geschmortem.

Genau wie damals, als ich als Studentin im ersten medizinischen Semester hier mit klopfendem Herzen stand und das große Schild, den sogenannten ,,stummen Portier", an der Wand studierte, auf dem in säuberlichen Kästchen die Mieter des Vorder- und Hinterhauses aufgeführt waren. Ich fand damals zwar den Namen ,,Frau Johanna Teltow", konnte aber nicht erkennen, welches der verwirrenden Kästchen welchem Stockwerk im Vorder- oder Hinterhaus entsprach.

Aus einer halboffenen Tür gegenüber schob sich der vogelartige Kopf eines dürren Mannes mit einem großen Adamsapfel am langen Hals: ,,Wo woll'n Se'n hin, Frolleinchen?!"

Als ich den Namen von Frau Teltow nannte, nickte er: ,,Ach, zu die Zimtzicke? Vamietet die jetzt wieda – na, denn ville Vajniejen – erster Stock links!" Über die halbe Treppe rief er mir noch nach: ,,Wenn Se mal nich klarkomm' mit die Spinatwachtel, denn komm' Se zu Kulicke!" Er tippte sich auf die magere Brust im gestreiften Hemd und zog an seinen Hosenträgern aus Gummi, bis diese mit einem lauten ,,Plopp" zurückschnellten.

Heute war die Tür fest verschlossen, und auch ,,Kuliczskowski" stand nicht mehr am Türschild, ein Name, den niemand aussprechen konnte, so daß alle den Hausmeister nur ,,Kulicke" genannt haben.

Langsam stieg ich die Treppe hinauf. Der Hausflur war, anders als damals, sauber gestrichen und statt des zerfaserten Kokosläufers auf den Treppen, in dem man oft hängenblieb, lag glattgebohnertes Linoleum. Die Jugendstilfenster mit dem Schwan auf dem Liliensee waren durch Milchglasscheiben ersetzt worden, weil sie bei dem großen Luftangriff alle entzweigegangen waren. Die letzte Stufe vor dem Absatz zum ersten

Stock quietschte wie eine hysterische Katze. Das tat sie schon damals und ich vermied sie tunlichst, falls ich allzu spät nach Hause kam, was Frau Teltow, wenn sie es merkte, am anderen Tag mit einer säuerlichen Miene quittierte, denn sie wollte eine ,,or'ntliche Mieterin", wie sie sagte und wie sie mir gleich mitteilte, als ich, gerade angekommen, bei ihr in ihrer ,,juten Stube" saß.

,,Also, Frühstück kriejen Se um halb achte, eenmal in de Woche wird det Zimmer jründlich jemacht, und alle vier Wochen wechsle ick de Bettwäsche. Staubwischen und Bettenmachen müssen Se alleene. Baden könn' Se eenmal in de Woche, und denn waschen Se ooch gleich Ihre Wäsche. Sonst aba immer kaltet Wasser – ooch für's Zähneputzen! Sonst reichen die Briketts nich. – Ick hab' nischt dajejen, wenn Se Radio hör'n, aba nich nach zehne und nich zu laut. Und keen Herrenbesuch, det bitt' ick mir aus, ick will ne or'ntliche Mieterin!"

Ich erzitterte. Zwar gab es keinen Herrn zum Besuchen, aber die Strenge meiner zukünftigen Wirtin schüchterte mich ein. Sie prüfte mit einem festen Griff den Sitz ihres straff gedrehten Haarknotens, rückte die Brosche mit dem Hakenkreuz an ihrem Kragen gerade und stand auf.

,,Nu wer ick Se mal ihr Zimmer zeijen!"

Mit einer Bewegung, als verschenke sie ein Königreich, präsentierte sie mir meine zukünftige Heimstatt in all ihrer Plüschherrlichkeit, zog hier den Vorhang gerade und strich dort ein Häkeldeckchen glatt. Als sie den Raum verließ, wandte sie sich noch einmal um:

,,Ach und noch eens – halten Se sich von den Hausmeister fern, von den Kulicke – det is'n Roter!"

Da stand ich nun nach dreißig Jahren wieder vor der Eingangstür. ,,Grabowski" stand mit Schreibmaschine auf einem Kärtchen geschrieben, das lässig mit Reißzwecken angepinnt war. Frau Teltows Schild damals war aus Messing und wurde zweimal die Woche geputzt. ,,Immer propper!"

Ich wagte nicht, bei Grabowskis zu klingeln, setzte mich aber auf die Treppenstufen, die zum oberen Stockwerk hinaufführten. Eine Tür schlug, kleine Füße sprangen in unregelmäßigem Galopp von oben herab. Ein spillriges Mädchen mit langen, strähnigen schwarzen Haaren quetschte sich an mir vorbei und betrachtete mich mit neugierigen, schräggestellten Orientalenaugen.

Damals hatte oben im zweiten Stock die verhärmte Frau Schwarz, deren Mann gefallen war, mit ihrem senilen Vater gewohnt und auf der anderen Seite Rentner Hinze mit seiner Tochter, der trotz seines steifen Beines die verschiedensten Ämter bekleidete. Er sammelte fürs Winterhilfswerk und war außerdem Luftschutzwart. Er achtete streng darauf, daß das Haus immer gut verdunkelt war und vor jeder Tür ein Eimer mit Wasser, ein Kasten mit Sand und eine Feuerpatsche bereitstanden. Kulicke nannte Hinze den ,,Joldfasan", wegen seiner braunen Uniform, oder er bezeichnete ihn in seiner weitgespannten Zoologie auch als den ,,Treppenterrier".

,,Der Treppenterrier pest durchs Haus und is jrade bei Ihre Zimtzicke", flüsterte er mir eines Sonntags, als ich von einer Matinee nach Hause zurückkehrte, zu. ,,Er kiekt in die Kochtöppe und kontrolliert."

Es war ,,Eintopfsonntag", der uns einmal im Monat von der Regierung verordnete, an dem nur ein einfaches Eintopfessen auf den Tisch kommen durfte und das Geld, das man durch den entgangenen Sonntagsbraten sparte, dem sogenannten Winterhilfswerk zur Verfügung gestellt werden mußte.

Kulicke blinzelte:

,,Mein Karnickelbraten steht in Zeitungspapier jewickelt in mein Bette. Da bleibt er scheen warm. Wenn der Joldfasan sammeln kommt, sag' ick, wir ham heut Diättag – von wejen de schlanke Linie – und essen nur rohe Mohrrüben."

,,Das riecht bei Ihnen aber nicht gerade nach rohen Mohrrüben", meinte ich und schnüffelte den so seltenen Bratenduft, der aus der offnen Wohnungstür quoll.

Kulicke kratzte sich am Kopf, dann erhellte sich seine Miene: ,,Wenn er det ooch findet, denn erzähl' ick ihm, det wär' noch von den Braten von vor acht

Tage. Wir würden die Küche nie lüften, damit wir möglichst lange wat von den Duft ham!"

Ein Stockwerk über Rentner Hinze und Frau Schwarz wohnten die Weitmüllers, ein Ehepaar, das in dem gleichen Salon in der Hermannstraße arbeitete, er als Herrenfriseur, sie als Damenfriseuse, er mürrisch und schweigsam, sie resolut und gesprächig. Einer ihrer Söhne war gleich Anfang des Krieges gefallen, der andere stand an der Ostfront.

Gegenüber von Weitmüllers war ein zierliches Visitenkärtchen an die Tür gepinnt: „Fritzi Arnoldi". Fritzi tanzte im Ballett der berühmten Berliner „Skala", trippelte auf Schuhen mit hohen Korksohlen daher, trug enge Röcke und gewagte Blusen und hatte ein rundliches geschminktes Kindergesicht unter einem braunen Lockenkopf. Sie war sehr brav und ihrem Verlobten, einem Feldwebel in der Rommeltruppe, sehr treu und strickte ihm für die kalten Wüstennächte unermüdlich immer neue, leuchtend bunte Pullover.

Kinder gab es in unserm Haus nur drei, die Buben der Biermanns in der Wohnung vis-à-vis von Frau Teltow. Frau Biermann war blond, lachte gern und stand der Vitalität ihrer Söhne oft hilflos gegenüber. Trieben diese es zu toll, rief sie: „Wartet man, wenn Vata kommt, denn aba ..."

Tatsächlich zügelte das die wilden Buben etwas, was ich verstand, als ich den großen, ernsten, autoritären

Mann anläßlich eines Heimatbesuches kennenlernte.

Außer Kulicke, dem „Treppenterrier", und den Biermannbuben, die mir gegenüber wohnten, lernte ich die anderen Hausgenossen erst kennen, als die Bomben fielen. Wie in einer Großstadt meist üblich, war man vorher grußlos aneinander vorbeigeeilt. Die ersten Bomben nahmen wir allerdings nicht ernst. Sie waren zwar auf Berlin gefallen, aber doch nicht in unser Viertel. Berlin war groß, bei uns würden schon keine fallen, uns würde bestimmt nichts passieren, wir gingen nicht in den Luftschutzkeller, wären uns komisch und übereifrig vorgekommen. Bis eines nachts tatsächlich eine Bombe auf *unseren* Hof fiel.

Wir hörten das erste Mal dieses sich immer mehr nähernde Pfeifen, das uns in unseren Betten erstarren ließ, während das Herz rasend zu pumpen begann. Dann der Einschlag! Wir steckten die Köpfe unter die Decken. Dann Stille. Die Bombe krepierte nicht, wie wir erwartet hatten, das Haus fiel nicht über uns zusammen. *Unsere* Bombe war, dem Himmel sei Dank, ein Blindgänger gewesen. Wir mußten zwar für achtundvierzig Stunden das Haus verlassen, bis sie entschärft war, aber dann durften wir es wieder beziehen.

Von nun an trafen wir uns alle, zuerst etwa einmal wöchentlich, bald aber fast jede Nacht, wenn die Sirenen aufheulten. Der Keller wurde nach und nach wohnlich ausgestattet mit Liegestühlen für die Kinder,

bequemen alten Korbsesseln, Tischen und Lampen. Da hockten wir beisammen, lasen, erzählten uns was, rieten Kreuzworträtsel, die Frauen strickten, ich paukte für das Physikum, wobei mir die Biermannkinder sensationslüstern über die Schulter schauten, wenn ich meinen anatomischen Atlas studierte.

„Wat is'n det für'n komischet Männeken?!" fragte der älteste Biermannsohn und zeigte auf das männliche Skelett.

„So siehst du innen auch aus!"

Empörtes: „Ick? – Nee, icke nich!"

Kulicke, der Friseur und ein Mann aus dem Hinterhaus, der extra zu diesem Zweck in unseren Keller kam, spielten Skat. Kulickes Kaninchen raschelten in ihren Käfigen im Hintergrund. Es war nicht ungemütlich.

„Jenießt den Krieg, der Frieden wird fürchterlich!" sagte Kulicke und ließ „plopp" seine Hosenträger knallen.

„Aba Kulicke!" mahnte seine Frau, und Frau Teltow räusperte sich energisch. Wir schauten alle etwas ungewiß den „Treppenterrier" an, der mit einem zu großen Luftschutzhelm auf dem Kopf an der Tür saß, sein steifes Bein weit in den Raum streckte und eine ernste und bedeutende Miene zeigte. Wir atmeten auf. Hinze schien etwas schwerhörig zu sein. Vielleicht verstand er aber auch Kulickes Witze nicht, während seine Tochter, das stille, große blasse Mädchen, das in der am weitesten von ihrem Vater entfernten Ecke saß und las, zu kichern anfing und schließlich laut herausplatzte.

Frau Teltow, die eine führende Rolle in der Frauenschaft spielte, bei Siegesmeldungen die Hakenkreuzfahne aus dem Fenster hängte und das Hitlerbild in ihrem Wohnzimmer täglich abstaubte, wobei sie es mit gläubig schwimmenden Augen betrachtete, ärgerte sich über Kulickes Witze, die ihn tatsächlich hätten Kopf und Kragen kosten können, aber sie hätte ihn nie denunziert. So was tat 'ne „or'ntliche" Frau nicht. Außerdem schätzte sie die rundliche, kleine Frau Kulicke. Die beiden waren begeisterte und begabte Köchinnen und tauschten endlos Kochrezepte aus, die anfänglich leckeren Friedensgerichten noch sehr ähnlich sahen, während sie im Laufe der Zeit immer karger wurden – wenn sie vielleicht auch noch mehr Phantasie erforderten. Ein paar der Rezepte hatte ich mir notiert:

Kartoffelpuffer ohne Fett
Rohe, geriebene Kartoffeln mit Mehl und Milei (Eiersatz) vermischen. Die Bratpfanne dünn mit Salz ausstreuen. Den Teig abbacken, dünn mit Zucker bestreuen.

Brennesselgemüse
Junge Pflanzen und die Spitzen der alten Brennesseln tüchtig waschen und mehrmals mit kochendem Was-

ser überbrühen. Dann das Gemüse kleinhacken, kochen, mit einer Mehlschwitze versehen (bei der zur Fetterspamis eine aufgeschnittene Zwiebel in flüssiges Fett getaucht und mit der Zwiebel über die Pfanne gefahren wurde). Gemüse mit Salz abschmecken.

Schichtkuchen
6 Eßlöffel Grieß, 6 Eßlöffel Mehl, 4 Eßlöffel Zucker, 6 Eßlöffel Wasser, Milei, Rum-Aroma (Rumersatz). Die Bratpfanne dünn mit Fett einreiben. Eine Schicht des Teigs drauftun. Wenn dieser etwas abgebacken ist, eine Schicht Marmelade oder Kunsthonig (Honigersatz) drauftun. Dann wieder eine Schicht Teig. Auf kleiner Flamme backen.

Ende 1942 schien uns dieser Schichtkuchen, den Frau Kulicke als Kostprobe mitgebracht hatte, köstlich. Nur Kulicke selber mußte meckern: ,,Schmeckt runter wie rauf!“

Er war verwöhnt, weil ab und zu bei ihm ein Kaninchenbraten auf dem Tisch stand und er in weiser Voraussicht ,,als et brenzlich wurde, allerhand jehamstert hatte“, wie er ehrlich zugab.

Frau Teltow schnaufte verächtlich:

,,Hamstern – typisch Kulicke! Or’ntliche Deutsche hamstern nich!“

,,So?" frage Kulicke hinterhältig. ,,Und was is mit den Honig, den meine Frau Ihn' besorgt hat?!"

Frau Teltow griff sich nervös an die Hakenkreuzbrosche: ,,Det zählt nich, det war nich jehamstert, det war nur uff Vorrat jekooft!"

Kulicke hob ironisch die Augenbrauen, aber Frau Teltow drehte ihm den Rücken zu und murmelte: ,,Kulicke hat keene jute Rasse!"

Jeder, den Frau Teltow nicht leiden konnte, hatte für sie ,,schlechte Rasse", der, den sie mochte, dagegen ,,jute". Das war ganz unabhängig von den Forderungen der Nazis, ein Mensch ,,guter Rasse" habe die angeblich nordischen Merkmale von Blondheit und Blauäugigkeit vorzuweisen.

Unsere Kellernächte wurden fast zur Idylle. Die Hausfrauen dachten sich kleine Überraschungen wie Puddings oder Kekse aus, mit denen sie uns erfreuten, und es herrschte meist eine aufgeräumte, fast heitere Stimmung, zumal unser Stadtteil vorerst von Bomben ziemlich verschont blieb. Zwar hatten wir alle zuwenig Schlaf, aber wir gewöhnten uns daran und verabschiedeten uns beim langanhaltenden Entwarnungston der Sirene mit dem Wunsch: ,,Schlaft 'n bißchen schneller!"

Der Höhepunkt unserer Kelleridylle war Anfang 1943, als jeder Berliner aus unerfindlichen Gründen, vielleicht in weiser Voraussicht der kommenden Strapazen, eine Sonderzuteilung von einer Flasche Spirituosen und einer Schachtel Konfekt bekam. Diesmal gingen wir schon früh am Abend und ohne den Ton der Sirene abzuwarten in den Keller. Frau Teltow bekam von ihrer Nichte, die einen Schrebergarten an der S-Bahn-Böschung in Gesundbrunnen hatte, öfter Obst und hatte einen Himbeerkuchen gebacken.

„Det is jut", grinste Kulicke, „da spar'n wir diese Woche von de Lebensmittelkarte Fleischmarken, in Himbeer'n sind immer Maden drinne."

Selbst Frau Teltow mußte lachen, aber plötzlich trommelte der „Goldfasan" auf den Tisch und rief mit drohender Stimme: „Kulicke, hör'n Se mit Ihre politischen Witze auf, det is Wehrkraftzersetzung. Wenn det so weiterjeht, muß ick Ihn' melden!"

Wir schauten alle verdutzt. Was der Himbeerkuchen mit der Wehrkraft und überhaupt mit Politik zu tun hatte, war uns nicht klar. Aber wir waren gewarnt, und wenn Kulicke, der sein Mundwerk einfach nicht zügeln konnte, in die Hosenträger griff, versuchten wir, Hinze abzulenken. Wir ließen ihn von seiner KdF-Fahrt nach Madeira erzählen, an der er 1938 mit anderen „Goldfasanen" auf dem Schiff „Wilhelm Gustloff" hatte teilnehmen können.

„Unser Führer sorgt für uns", dröhnte er, „der paßt uff, det ooch der kleene Mann wat von de Welt sieht!"

„Janz recht, zum Beispiel indem er ihn durch Polen

marschieren läßt", murmelte Kulicke – ,,plopp" machten seine Hosenträger.

Hinze hatte nur das ,,Janz recht" gehört und nickte Kulicke beifällig zu: ,,Det war wirklich K-d-F, ,Kraft durch Freude'!" Er hob sein Glas mit dem Klaren: ,,Na denn Prost drauf!"

Wir ließen ihn weitererzählen – vom Essen auf dem Schiff und wie er mit dem Sturmführer und dem Bannführer Skat gespielt hatte und wie heiß es war –, aber wir hörten kaum hin, weil Kulicke an der anderen Ecke des Tisches die neuesten politischen Witze erzählte.

,,Die Rieselfelder ham jeflaggt", flüsterte er, und ,,plopp" machten seine Hosenträger.

,,Warum denn das?"

,,Na, Görings dreißig Pfund sind anjekommen!"

Er wies uns flüsternd darauf hin, daß der dicke Reichsmarschall bei seiner letzten Rede im Sportpalast gerufen hatte: ,,Wollt Ihr Kanonen für den Sieg oder Butter?"

,,Kanonen!" hatten die ,,Goldfasane" in der Halle gebrüllt.

,,Ich esse auch schon lange keine Butter mehr", hatte Göring erklärt, ,,und ich habe schon dreißig Pfund abgenommen!"

,,Und nu" – ,,plopp" machten die Hosenträger – ,,sind die dreißig Pfund endlich uff de Rieselfelder jelandet und deshalb ham die jeflaggt!" flüsterte Kulicke.

Es war lästig, auf Hinze achten zu müssen. Ein paar von uns konnten deshalb nur immer die Hälfte von Kulickes geflüsterten Witzen hören, bis, als es dunkel geworden war, Hinzes Tochter plötzlich sagte: ,,Du, Vata, als ick jestern abend nach Hause jekomm' bin, war mir so, als wenn irgendwo in unser Haus nich richtig verdunkelt war!"

,,Warum haste det nich gleich jesagt, dumme Pute?!" brüllte Hinze und sprang auf.

Bevor er den Keller verließ, grüßte er mit dem ausgestreckten Arm des Hitlergrußes, was er immer tat, ganz gleich, ob er den Raum für kurze oder längere Zeit verließ. Zu aller Erstaunen sprang Kulicke auf und grüßte stramm zurück. Er blieb aber noch stehen, als der ,,Goldfasan" die Tür schon hinter sich zugezogen hatte und sagte nun laut: ,,Wißt Ihr ooch, woher der Gruß stammt? Aus die Zeit, wo Hitler noch Anstreicher war. Det heeßt nämlich eijentlich: ,Bis hierher wird tapeziert und denn jeweißt'!"

Sogar Frau Teltow mußte lachen.

,,Kulicke", sagte sie, ,,Sie ham 'n Schandmaul!" und steckte ein Konfekt in den Mund.

Wir waren durch den ungewohnten Alkohol sehr vergnügt. Fritzi kicherte reizende Koloraturarien, selbst die stille, traurige Frau Schwarz mußte ab und zu lachen, und Hinzes Tochter ließ maschinengewehrartige Lachsalven springen. Die Damen hatten sich fein gemacht, die älteren ihre besten Friedenskleider aus dem Schrank gesucht, die jüngeren trugen neue Kreationen aus alten Sachen. Da es nichts Neues zu kaufen gab, herrschte das Motto: „Aus alt mach neu!"

Kurz nachdem Fritzi von der Scala nach Hause gekommen war, hatten wir doch noch Alarm bekommen. Die Sirene schwoll an und ab, an und ab, so wie sie heute noch in unseren Alpträumen tönt. Kulicke hakte die Daumen in die Hosenträger. Wir versuchten, Hinze abzulenken, der nach vergeblicher Verdunklungssündersuche wieder in unserem Kreise saß, aber schon ertönte Kulickes Stimme: „Hört Ihr Meiers Waldhorn blasen?" Und er machte mit erhobenem Finger unnötigerweise auf den Sirenenton aufmerksam.

„Wat? Wat soll denn det nu wieder?!" fragte Hinze mißtrauisch.

Kulicke setzte sich und sagte ernst: „Unser verehrter Reichsmarschall Hermann Göring hat 1939 in einer Rede jesacht: ‚Ick will Meier heißen, wenn jemals ein feindlicher Flieger nach Deutschland rinkommt!'"

„Na und – wat mein' Se denn damit nu wieder, ick vasteh' Se nich?!" fragte Hinze mit gerunzelter Stirn.

Frau Teltow fuhr dazwischen: „Kulicke, müssen Se denn Ihr'n Schnaps gleich uff eenmal saufen? Machen Se doch mal 'n bisken Pause. Sie quatschen ja nur noch dummes Zeuch!"

Kulicke kippte sein Glas Klaren bis zum letzten

Tropfen. „Schnaps is jesund, jnädje Frau", und auf Frau Teltows energisches Kopfschütteln hin: „Tatsache! Mein Schwager war Rohrleger, hat immer kaputte Pfoten jehabt – aber wissen Se, solange der jesoffen hat wie'n Loch, hat sich da nie nich wat entzündet. Denn hat ihn seine Frau bei de Juttemplers jeschleift, und er hat uffjehört mit det Saufen. Aber – nu wer'n Se staunen – nach vier Wochen war der dot, an Blutverjiftung jestorben!" Er goß sich sein Glas wieder voll. „Und deshalb, wenn der Krieg vorbei is – sein sollte vielmehr –, denn werd' ick erst mal 'ne janze Menge Bier und Schnaps vernichten – vonwejen de Jesundheit!"

An diesem Abend hakte zu unserer Beruhigung Kulicke die Daumen nicht mehr in die Hosenträger. Als wir uns zu später Stunde zum Schlafengehen vor meinem Zimmer verabschiedeten, sagte Frau Teltow düster:

„Der Kulicke, der red' sich noch in'n Sarch!"

Es war ein fröhlicher Abend gewesen. Aber trotzdem – Meiers Waldhorn hatte getönt, und Kulickes Späße waren wie ein Tanz auf dem Vulkan gewesen.

Es blieb nicht lange bei der Idylle. Wir bekamen es rasch über, allnächtlich in den Keller zu steigen, manchmal sogar zwei- bis dreimal in der Nacht, und Stunden unseres kostbaren Schlafes zu opfern. Wir waren nervös und abgespannt. Kulickes politische Witze wurden immer bissiger, und Frau Teltow ärgerte sich immer mehr darüber, obgleich sie, wie ich feststellte, das Hitlerbild in ihrer ,,juten Stube" durchaus nicht mehr täglich liebevoll abstaubte. Die Biermannkinder verloren das Interesse an meinem anatomischen Atlas und am ,,Mensch-ärgere-dich-nicht"-Spiel und quengelten vor Übermüdung herum. Der alte Vater von Frau Schwarz mußte mit Gewalt aus dem Bett geholt und in den Keller gebracht werden, wo wir ihn dann davon abhalten mußten, im Bombenhagel mal ,,n' kleen' Spazierjang ums Karree" zu machen. Auch den Skatspielern fehle die rechte Ruhe und Behaglichkeit. Manchmal lauschte der Friseur nervös auf das Pfeifen der Bomben.

,,Na, wat is nu, Paule", nörgelte Kulicke, ,,du bist dranne – hast ja heute so'n klebrigen Daumen, det de dir nich von de Karten trennen kannst!"

,,Ick überleje nur", meinte der Friseur, ,,ob wir den Skat noch zu Ende kloppen könn'!"

,,Na hoffentlich!" Kulicke schwenkte seine Karten. ,,Wo ick so'n jutet Blatt in de Hand hab'!"

Der Mann aus dem Hinterhof sagte düster: ,,Ach ja, man soll gar nicht darüber nachdenken, was alles passieren kann. Aber sterben müssen wir schließlich alle mal!"

,,Det stimmt schon", brummte Kulicke und kratzte sich am Kopf. ,,Ick laß mir nur so unjern drängeln!"

Beim langanhaltenden Ton der Entwarnungssirene trennten wir uns jetzt nicht mehr mit der Empfehlung „Schlaft schneller!", sondern wir wünschten uns gegenseitig: „Bleibt übrig!"

Die Hausfrauen konnten die kleinen tröstlichen Überraschungen, die Kuchen und Süßspeisen und selbstgemachten Sahnebonbons, nicht mehr bieten. Es wurde alles knapp und immer knapper. Wir süßten statt mit Zucker mit Saccharin, der angeblich eine viel größere Süßkraft haben sollte. Über die Nährkraft wurde uns nichts mitgeteilt. Es war die Zeit der „Aromen". Alles, was uns fehlte, konnten wir in kleinen Fläschchen, von IG-Farben hergestellt, als „Aroma" kaufen. Es gab Rumaroma, Zwiebelaroma, Mandelaroma, Vanillearoma, Zitronenaroma, Marzipanaroma, Butteraroma. Die Illusion sollte den Mangel verschleiern.

Kulicke ließ sich einen Bart wachsen, weil es keine Rasierklingen mehr zu kaufen gab – die Restbestände gingen, wie uns die Zeitung berichtete, an die Front.

„Ja, ja", sagte Kulicke, „det sind wa ooch unsre Ehre schuldig, det der deutsche Soldat jut rasiert den Feind entjejentritt!"

Tabak gab es schon lange kaum noch. Der Friseur und Kulicke zogen ein paar Pflanzen auf dem Hof. Nach heftigem Kampf mit den Frauen des Hauses, die die Balkonkästen zum Züchten von Tomaten beanspruchten, hatte Kulicke schließlich diese Lösung ge-

funden, indem er auf dem Hof in einer Ecke ein paar Pflastersteine entfernte. Die beiden Interessenten betreuten die Pflanzen liebevoll, die trotzdem nicht recht gedeihen wollten. Aber immerhin reichten sie dazu aus, nach mühsamem Trocknen und Fermentieren aus den Pfeifen der Skatspieler beizende Qualmwolken aufsteigen zu lassen, durch die uns die Augen tränten.

,,Det is'n Knaster", sagte Frau Teltow verächtlich, ,,n' richtjer Rachenputzer. Jut, det hier keene Jardinen häng'!"

Wir wurden von der Regierung durch Rundfunk und Zeitung aufgefordert, mit allem zu sparen: mit Licht, mit Gas, mit Heizung. Man hielt uns an, nur Pellkartoffeln zu kochen, damit jedes Krümchen ausgenutzt wurde. Von Plakaten, die der ,,Goldfasan" in Haus und Keller aufgehängt hatte, grinste uns hämisch der Gnom ,,Kohlenklau" an, ein vom Propagandaministerium erfundenes unförmiges schwarzes kleines Gespenst, das uns demonstrierte, wie uns die Briketts unter den Fingern dahinschwinden würden, wenn wir sie nicht auf die allerintensivste Art ausnutzten.

Das alles machte das Leben nicht schöner, doch es ließ sich ertragen. Aber eines Nachts wurde Kulicke ernsthaft böse. Er erhob sich von einem erfolgreich beendeten Skatspiel und rief seiner Frau zu: ,,Mutta, schmeiß mal det Klopapier rüber, ick will mir mal zurückzieh'n und medetier'n!"

Frau Kulicke schüttelte den Kopf: ,,Klopapier is nich mehr, nimm die Zeitung!"

Kulicke riß die Augen auf: ,,Wat denn, wat denn, keen Klopapier?"

Frau Kulicke strickte ungerührt weiter: ,,Det jibt's schon lange nich mehr, ick hatte noch Vorräte. Aber die sind nu ooch alle."

Kulicke betrachtete stirnrunzelnd den ,,Völkischen Beobachter" in seiner Hand: ,,Na, da is der wenigstens endlich mal zu was nütze." Er wandte sich zum Gehen, doch kurz vor der Tür drehte er sich noch einmal um und sah uns ernst an, wobei er sich förmlich an seinen Hosenträgern festklammerte: ,,Also det is nu 'n alarmierendes Zeichen, det steht nu mal fest – wenn's keen Klopapier mehr jibt, sollte 'ne Rejierung Schluß machen mit so'm verfluchten Krieg und kap'tulieren!" ,,Plopp, plopp, plopp" machten die Hosenträger.

Der Friseur hatte einen kleinen Radioapparat mit in den Keller gebracht, den ,,Volksempfänger", den man bis Anfang des Krieges für fünfunddreißig Reichsmark überall kaufen konnte. ,,Goebbelsharfe" nannte Kulicke ihn, dem Propagandaminister ,,zu Ehren", dessen Organ oft mit glühenden Durchhalteparolen daraus ertönte, und Kulicke behauptete, daß der Apparat ,,jejen Lüjen unempfindlich" sei. Um diesen kleinen Kasten saßen wir nun geschart und lauschten gespannt auf die Luftnachrichten. Zu unserer Schande muß gesagt sein,

KOHLENKLAU

Alles im Eimer
sind bei Tante
Erna

daß wir aufatmeten, wenn wir hörten, daß die feindlichen Bomberverbände ihre tödliche Last schon bei Magdeburg abgeladen hatten und wieder abdrehten. Unsere Phantasie reichte im Augenblick nicht über Berlin hinaus. Wir konnten uns nur vorstellen, wie es hier sein und aussehen würde, wenn die Bomber kämen. Wir brauchten nicht viel Vorstellungskraft dazu, denn wir erlebten es fast jede Nacht: das Pfeifen der Bomben, das näher und näher kam, die kurze Stille und den prasselnden Knall, einmal nah, einmal weiter fort, und wir sahen täglich, daß unsere Stadt systematisch in Trümmer gelegt wurde. War man ein paar Tage nicht in einer Gegend gewesen, fand man die vertrauten Straßen nicht wieder. Kulicke erfand für die Stadtteile neue Namen. Lichterfelde wurde zu „Trichterfelde", Charlottenburg zu „Klamottenburg", Steglitz hieß bei ihm nur noch „Steht nix", Schöneberg „Stöhneberg" und Westkreuz „Wüstkreuz". Von ganz Berlin sprach er nur als von „Groß-Kaputt bei Potsdam".

Aber auch unser Viertel blieb nicht verschont. Am Platz war ein Haus durch eine Sprengbombe verwüstet worden, zwei andere ausgebrannt. In unser Haus war eine Brandbombe durchs Dach auf den Boden gezischt. Hinze, der gerade einen Inspektionsgang durch das Haus gemacht hatte, rief Zetermordio, und Kulicke, der neuen Tabak aus seiner Wohnung holen wollte, hörte ihn, lief die Treppen hinauf, griff sich eine Schaufel und schleuderte die Bombe mit einem Schwung durch das Dachfenster auf den Hof, wo sie verglühte.

An diesem Abend war Kulicke der Held des Kellers. Der „Goldfasan" versuchte zwar, auch etwas von dem Ruhm zu ernten, indem er meinte: „Wie jut, det ick immer mal nach 'n rechten seh'!" Und: „Ein Sejen, det ick dafür jesorgt habe, det der Boden so jut entrümpelt worden is!"

Aber niemand achtete auf ihn, alle bewunderten den Hausmeister seiner Heldentat wegen, und Frau Teltow flüsterte mir zu: „Janz so schlecht is die Rasse von den Kulicke doch nich, aber trotzdem hätt' ick so wat von den nie jedacht, wo der doch immer den Luftschutzkurs jeschwänzt hat!"

Mutter Kulicke war ganz blaß: „Aba Vata, wie konntste denn so wat machen. Wenn nu wat passiert wär'! Einfach an det Ding so ranjeh'n und et uff die Schippe nehm' – so'n Leichtsinn!"

„Det war keen Leichtsinn", sagte Kulicke überlegen, „det war Notwendigkeit, sonst hätten wir jetzt keen Dach nich mehr übern Kopp."

Die kleine Frau konnte sich immer noch nicht beruhigen: „Ach Kulicke, wenn ick mir so vorstelle, dir wär' wat passiert – und ick denn so alleene ohne dir ..."

Kulicke tätschelte ihr die Schulter und sagte, seine Rührung unterdrückend: „Mir passiert schon nischt, ick pass' schon uff mir uff. Ick will ja noch 'ne Weile leben – muß noch 'n Haufen Leute ärjern!" Und er blinzelte Frau Teltow und dem „Goldfasan" zu.

Die Biermanns zogen fort. Der Vater hatte geschrieben: „Geht ins Rheinland zu Tante Hulda, da ist es sicherer!" Natürlich mußten sie ihre ganze Wohnung zurücklassen. Die letzte Nacht, die sie noch unter unserm durchlöcherten Dach verbrachten, weinte Frau Biermann herzzerbrechend an Frau Teltows Busen: „Mein schönet Büfett", jammerte sie, „und det Schlafzimmer – allet Mahajony – und die Frisiertoilette mit die echten Kristallspiegel und meine neuen Steppdecken – ach jotttedoch –, und ob wir uns überhaupt alle noch mal wiedersehn?!"

In den Nächten danach fehlte uns etwas. Wir vermißten die übermüdeten, quängelnden Kinder, nur, weil sie ab und zu einmal gelacht hatten. Denn selbst Kulicke schaffte es nur noch selten, uns zum Lachen zu bringen. Als der zweite Sohn vom Friseurehepaar im Osten vermißt war, zeigte er auf ein Plakat, das der „Goldfasan" im Keller angebracht hatte und auf dem in verzierten gotischen Lettern stand: „Führer befiehl, wir folgen!"

Kulicke las laut: „Führer befiehl, wir tragen die Folgen!" Aber niemand lachte, auch Kulicke nicht.

„Verdammte Scheiße", sagte er später zu mir, „verdammte, verdammte Scheiße! Den Jungen hab' ick so jerne jehabt, det war so ne blonde, freche Rotzneese, wissen Se, hat immer im Hof uff de Teppichstange jehockt, und wenn ick da jefegt habe, hat er jesagt: ‚Hast wohl keen' Sahnebonbon, Onkel Kulicke?' Natürlich hatt' ick immer een for ihn in de Tasche. Und eenmal hat er jefragt: ‚Haste nich noch'n zweeten?' Hab' ick jesagt: ‚Eener jenügt, sonst wirste noch zu fett!' Hat er jeantwortet: ‚Ick will ja jar nich beede uff eenmal essen, hab' mir den ersten an'n Backenzahn jeklebt für heute nachmittag'!"

Kulicke lachte ein bißchen, aber seine Augen standen voller Tränen.

Die Theater schlossen, auch die Scala, und das Ballett sollte, wie andere Artisten und Schauspieler auch, in einer Fabrik eingesetzt werden.

„Bleibt ja ooch nischt andres übrig", seufzte Fritzi, „wo's keene Lippenstifte mehr jibt!"

Zur letzten Vorstellung in der Scala besorgte sie Frau Teltow, Fräulein Hinze und mir Karten. Fräulein Hinze und ich hatten uns in Ermangelung von modischen Extravaganzen die eben in Mode gekommene Hochfrisur zugelegt – „Entwarnungsfrisur" nannte Kulicke sie: „Alles nach oben!"

Es waren nicht mehr die besten Artisten in Berlin, und besonders Kraftakte litten an der Unterernährung. Aber die, die an der Vorstellung mitwirkten, versuchten mit allen Kräften, uns noch einmal die Glimmer-Schimmerwelt der Illusion zu bieten. Der Zauberer holte die hübschesten Papierblumensträuße, Seidentücher und sogar ein lebendiges Kaninchen aus dem Zylinder, die Akrobaten verrenkten geschmeidig ihre Glieder, die Schlagersängerin brachte es tatsächlich fertig, uns glauben zu lassen, daß Liebe das Wichtigste auf der Welt sei, die Clowns überkugelten sich vor lauter Vergnügen, die Scalagirls in Flitterröckchen schwenkten im Takt die hübschen Beine – ganz rechts außen unsere Fritzi, etwas rundlich und sehr süß.

Wie wir diese leichte Muse genießen konnten, nur, weil sie uns ablenkte von dem Leben, wie es wirklich war! In der Pause zitterten wir, daß wir durch Fliegeralarm die Vorstellung nicht zu Ende sehen könnten. Und bei der vorletzten Nummer war es dann soweit. Wir saßen zusammen mit Fritzi und den anderen Künstlern und Zuschauern eng gedrängt im Luftschutzkeller der Scala, und Frau Teltow jammerte: „Ausjerechnet die durchjesägte Dame hätt' ick so jerne jesehn, ausjerechnet da muß Alarm komm'!"

Später gingen wir alle vier untergehakt zusammen nach Hause, mitten auf dem Damm, weil rechts und links Häuser brannten. Die S-Bahn fuhr nicht, weil die Gleise wieder von Sprengbomben getroffen waren. Wir liefen und liefen, bis wir endlich einen Lastwagen fanden, der uns zwischen Milchkannen ein Stück mit-

SPEDITION

nahm. Er fuhr mit Holzgas, und wir kamen früh völlig verrußt zu Hause an.

Kulicke stürzte uns entgegen: ,,Na, da seid ihr ja endlich, Meechens, wir ham schon jedacht, es hätt' euch erwischt!" Als er die weinende Fritzi sah und erfuhr, daß sie unterwegs ihren Koffer mit den Kostümen verloren hatte, tröstete er: ,,Na wat denn, Kleene, willste denn int Ballettröckchen Jranaten drehn?"

Das Dach hatte viele Löcher, von der Brandbombe und durch herabgefallene Ziegel. Wir mußten Töpfe und Schüsseln sammeln, um sie darunter zu stellen, damit bei Regen das Wasser nicht durch die Decke in die oberen Wohnungen lief. Obgleich unser Haus nicht direkt getroffen wurde, hatte es in den Nächten viel zu leiden. Splitter von Fliegerabwehrgranaten schlugen in den Putz und durch die Fenster, die Erschütterung von in der Nähe krepierten Sprengbomben ließ Scheiben zerklirren.

Wir hatten am Tage immer viel zu tun, das Haus einigermaßen wieder aufzuräumen und Pappe vor die kaputten Fensterscheiben zu nageln.

,,Laßt man", sagte Kulicke, ,,wir sind wenigstens noch zu Hause in unser Eijenet. Wenn ick da an die Ausjebombten denke und an die armen Schweine an der Front und erst an die im KZ!"

,,Wat wissen Sie denn vom KZ?" fragte der ,,Goldfasan" scharf.

Kulicke tat geheimnisvoll: ,,Ach, da spricht sich so einijet rum!"

Hinze brauste auf: ,,Allet Lüjen und Verleumdungen!"

,,Wat denn, wat denn", meinte Kulicke, ,,ick hab' ja jarnischt jesagt – ick meine nur ..."

Frau Teltow mischte sich ein: ,,Ick glaube ooch, det da einijes übertrieben wird. Die Jejner vons Rejiem kann man doch im Krieg nich so einfach rumlaufen und miese Stimmung machen lassen. Außerdem muß man se jejen den Volkszorn in Schutzhaft nehm'. Det is doch nich so schlimm, wenn die da in die Lager 'n bisken umjeschult werden und nützliche Arbeet leisten!"

Hinze nickte bestätigend: ,,Alles andre is Greuelpropaganda!"

Kulicke fing an zu lachen: ,,Ihr seid naiv, ihr beede. ‚Schutzhaft' und ‚Umschulung'! Warum sagt ihr nich jleich, det die in'n schnieket Erholungsheim sind, wo se mal richtig rausjepäppelt werden?! Ick hab' da wat andres jehört, janz wat andres. Wobei hat denn der Maxe Friedrich von jejenüber seine Zähne verlor'n? Glaubt Ihr, det war'n die Milchzähne, mit sechzig Jahre?!"

Hinze runzelte die Stirn: ,,Meinen Se den Kommunisten von da drüben?"

Kulicke nickte: ,,Jenau den, der war nämlich in so'n staatlichet Erholungsheim!"

Frau Teltow schüttelte den Kopf: ,,Ick treff' immer

seine Frau beim Anstehn nach Jemüse. Die hat aber nie wat jesagt, det se den schlecht behandelt ham!"

Kulicke lachte wieder auf: „Ach nee, komisch, nich? Aber wissen Se ooch, warum die nischt sagt? Weil ihr Mann jerne seine restlichen Zähne behalten möchte – man trennt sich so unjern von sein Eijentum!"

Frau Teltow faßte an ihre Hakenkreuzbrosche und rückte sie gerade: „Na ja, vielleicht is da mal was vorjekomm' – 's jibt überall schlechte Menschen, aber unser Führer, der weiß davon nischt, der is 'n or'ntlicher Mann!"

Ab und zu sah man neue Gesichter in unserem Keller, Passanten, die auf dem Heimweg bei Alarm vor Bomben- und Granatsplittern flüchten mußten und bei uns Unterschlupf suchten.

„Ja, ja", sagte Kulicke, „in Berlin is jetzt die Luft wie in'n Kurort – eisenhaltig – is jut jejen Blutarmut!"

Auch Besucher tauchten auf, die nicht, wie früher, nur den entsprechenden Angehörigen, sondern durch die Alarmnächte dem ganzen Haus gehörten. Fritzis Verlobter kam auf Heimaturlaub aus Afrika, ein ganz junges Bürschchen, braungebrannt, trotz der dicken Pullover, in die Fritzi ihn steckte, ständig fröstelnd, vor kurzem zum Leutnant aufgestiegen.

„Die backen jetzt die Offiziere so schnell wie Brötchen", sagte Kulicke.

Die beiden Verlobten saßen engumschlungen in der dunkelsten Ecke und hatten Mühe, allein zu sein, weil jeder, gerührt von so viel Liebe, ihnen etwas Gutes zukommen lassen wollte. Frau Kulicke brachte ein Töpfchen Marmelade. Kulicke selber steckte dem jungen Mann ein paar seiner selbstgezogenen „Rachenputzer" zu, Frau Teltow fand noch steinharte Pfefferkuchen von Weihnachten, und Frau Schwarz kam mit einer Wärmflasche, weil sie gehört hatte, daß der Leutnant unter kalten Füßen litt.

„'n netter junger Mann", sagte Frau Teltow, „jute Rasse – und so or'ntlich!"

Zu meinem Erstaunen übersah sie völlig, daß das Pärchen, obgleich einander noch nicht angetraut, die Nächte, wenn nicht in unserem Keller, gemeinsam in der gleichen Wohnung verbrachte. Auch daß wir die beiden nur ineinandergerankt und verschlungen sahen, fand sie ganz in Ordnung.

„Auf der Straße dürfen se sich ja nich mal inhaken", meinte sie mitfühlend, denn das war Offizieren in Uniform nicht erlaubt. Wir wunderten uns, daß der trotz seiner Jugend kriegsgewohnte Panzerfahrer bei jeder pfeifenden Bombe und jedem Granatsplittergeprassel zusammenzuckte.

„Ich komm mir hier vor, wie in 'ner Falle", meinte er, „da ist mir die Front schon lieber."

Wir merkten plötzlich, wie sehr uns die Kellernächte

schon zur Gewohnheit geworden waren. Doch es gab Nächte, die selbst uns aufregten, wenn pausenlos der Pfeifton der Bomben zu hören war und nah und immer näher die Einschläge dröhnten, das mürbe gewordene Haus in seinen Grundfesten bebte und der Putz von der Decke fiel. In einer solchen Nacht stand plötzlich eine Frau in der Kellertür, Pantoffel an den nackten Füßen, in einem zerschlissenen seidenen Schlafrock, ein Kopftuch umgebunden, unter dem ein paar graue Haarsträhnen hervorschauten. Das schmale, faltige Gesicht war gelblich blaß, und die großen schwarzen Augen blickten voller Entsetzen. Wir starrten die Fremde erstaunt an, die kein Wort sprach, uns nur angstvoll betrachtete.

Das Friseurehepaar war aufgesprungen, und die Frau lief auf die Greisin zu: „Aber Tante, was ist denn?" Dann zog sie die Verängstigte in den Raum: „Na, nu komm schon, komm! Hier setz dich hin und beruhige dich!" Sie drückte die Zitternde auf einen Stuhl.

Hinze war nähergetreten: „Wer ist denn das?" fragte er mißtrauisch. „Wo kommt die denn plötzlich her?"

„Das geht Sie jar nischt an!" fuhr der Friseur auf ihn los, aber seine Frau schob ihn beiseite und sagte ruhig:

„Sie ist meine Tante, sie ist nicht ganz gesund", und flüsternd: „Ein bißchen wirr im Kopf, ist bei uns zu Besuch, wollte aber nie mit in den Keller kommen. Aber heute hat sie wohl doch Angst gekriegt."

„Na hören Se mal“, murrte Hinze, „det jeht nu wirklich nich. Jeder in't Haus muß bei Alarm in'n Keller, da bin ick verantwortlich für als Luftschutzwart. Von jetzt an muß se immer mit in'n Keller, hör'n Se?! Wie lange bleibt se denn?“

Die Friseuse zögerte: „Ich weiß nicht“, sagte sie – und dann hastig: „Es is nämlich so, ihre Tochter is im Krankenhaus, und die Tante kann ja nich alleine zu Hause bleiben, das sieht doch jeder.“

Sie streichelte die Wange der alten Frau, die zusammengesunken auf ihrem Stuhl hockte. Ihr mageres Gesicht mit der gebogenen Nase und den riesigen, ins Leere starrenden Augen hatte etwas Eulenhaftes.

Kulicke flüsterte mir zu: „Wetten, daß die 'n Orden trägt?“ Und auf meinen erstaunten Blick: „Den ‚Pour le semit‘!“

In diesem Moment fuhr der Friseur, der auf der anderen Seite von Kulicke gesessen hatte, herum: „Halt dein Schandmaul!“

„Ja, Paul, ja“, sagte Kulicke friedlich, „hast ja recht!“

Ich war tief erschrocken. Ich wußte, daß die Berliner in Abwandlung des Wortes ‚Pour le mérite‘, des höchsten Ordens aus der Kaiserzeit, zu dem gelben Stern, den die Juden in der Nazizeit sichtbar an ihrer Kleidung befestigt tragen mußten, ‚Pour le semit‘ sagten. Diesen Stern hatten die Machthaber als einen Makel gedacht, aber viele Berliner betrachteten ihn als ein schmerzliches Ehrenzeichen. Jetzt, zu unserer Kellerzeit, sah man den gelben Stern in den Straßen Berlins nicht mehr, denn die Juden waren alle fort, wenn sie nicht versteckt unter Lebensgefahr für Gast und Gastgeber von Freunden betreut wurden und mit von deren kärglichen Lebensmittelmarken zehren mußten.

Niemand außer Kulicke schien Verdacht zu schöpfen, und Kulicke hielt von nun an den Mund. Ab und zu sah ich ihn mit einer Tasche die Treppe hinaufsteigen, und dann duftete es auch aus der Wohnung des Friseurehepaares nach Kaninchenbraten. Die Tante kam jetzt jede Nacht in den Keller, saß in der hintersten, dunkelsten Ecke und sprach nie ein Wort.

Dann kam die Nacht, die wohl niemand von uns so leicht vergessen wird. Wir hatten uns an eine gewisse Regelmäßigkeit unserer Alarme gewöhnt. Vor Mitternacht brauchten wir im allgemeinen nicht mit dem Anflug der feindlichen Bomberverbände auf unsere Stadt zu rechnen. Heute ertönten die Sirenen schon um halb elf Uhr abends. Zuerst stiegen die Mieter nur zögernd in den Keller. Um zwölf Uhr war man es gewohnt, sich vom warmen Bett zu trennen, aber jetzt?! Doch kaum waren die letzten Sirenentöne verklungen, fielen auch schon die ersten Bomben. Türen klappten, Füße eilten die Treppe hinab. Im Nu war die ganze Belegschaft des Hauses im Keller versammelt. Kulicke zog die Skatkar-

ten hervor, aber er steckte sie gleich wieder fort. Es war alles anders als sonst. Man hörte nicht nur den Pfeifton einer Bombe und den Aufprall und konnte danach eine Weile ruhig atmen – diesmal folgte ein Zischen und Pfeifen auf das andere, ertönte nebeneinander, die Explosionsgeräusche rund um uns wollten kein Ende nehmen. Es schien Bomben zu regnen. Das Haus schwankte wie ein Schiff im wilden Sturm, Türen sprangen auf, Staub wölkte herein, ein Sog wollte uns zur Tür ziehen. War das Haus getroffen? Würde es jetzt über uns zusammenfallen? In der Ecke wimmerte die Tante. Kulicke fluchte leise vor sich hin. Dann ging das Licht aus. In der kurzen Stille danach hörte man eine Frauenstimme leise beten.

„Ham Se 'n Streichholz, Kulicke?“ fragte Frau Teltow. „Hier is 'ne Kerze!“

Ein kleines Licht flackerte auf, wollte sofort wieder erlöschen, weil ein neuer Luftdruck von draußen die Kellertür aufgerissen hatte, aber Frau Teltow hielt schützend die Hand vor den Docht, und Kulicke schloß mit Mühe die Tür. Wir drängten uns um den winzigen, tröstlichen Lichtpunkt.

„Advent, Advent, ein Lichtlein brennt“, sagte Fräulein Hinze und lachte ironisch.

Der Staub, der durch die Tür hereingedrungen war, ließ uns kaum atmen. Es roch nach Ruß. Wieder zischte ein Hagel von Bomben herab, die Kerze flackerte, erlosch, Frau Schwarz reichte eine neue herüber. Das Haus schien zu taumeln. Es war wie ein Mensch, der in die Knie zu fallen drohte, sich aber immer wieder mühsam aufrichtete und zu behaupten versuchte. Doch wir wußten in unserer Kellerhöhle gar nicht, ob es sich behauptete. In all dem Krachen, Bersten und Klirren konnte es durchaus sein, daß ein Teil schon zusammengestürzt, daß der Eingang verschüttet war oder daß es in den oberen Stockwerken brannte. Vielleicht saßen wir in der Falle und würden nie mehr das Tageslicht erblicken. Als Kulicke die Ungewißheit nicht mehr aushielt und die Kellertür öffnen wollte, war seine kleine Frau wie ein Wiesel neben ihm.

„Du bleibst jetzt hier!" schrie sie ihn an. „Setz dir da hin und rühr dir nich von de Stelle!"

Kulicke ließ sich ganz benommen auf den Stuhl fallen: „Aba Mutta", murmelte er, „ick kenn' dir ja jar nich wieder!"

Eine Stunde lang tobte das Inferno. Dann war Stille, eine Stille, die fast unheimlicher war als das Toben davor. Die Entwarnungssirene erklang nicht. Wir lauschten angespannt, bis Kulicke plötzlich sagte:

„Mensch, wenn keen Strom is, könn' die ja jar nich tuten!"

Es stimmte, und wir konnten nicht die ganze Nacht über im Keller sitzen bleiben. Kulicke, der Friseur und ich tasteten uns vorsichtig durch den dunklen Hausflur zur Eingangstür. Wir atmeten auf. Das Haus stand noch. Nur mit großer Mühe konnten wir das schief in den Angeln hängende und verklemmte Haustor öffnen. Draußen war blendende Helle, Rufe, Schreie, Weinen. Rings um uns brannte es. Schwarze Gestalten schienen vor den flackernden Feuern zu tanzen, sprangen auf und nieder, bückten sich, trugen etwas, zerrten etwas fort, gestikulierten mit erregten Händen. Häuser brannten wie Fackeln, Balken krachten, stürzten funkenstiebend herab, die schwarzen Tänzer wichen zurück. Die Straße war bedeckt mit Scherben und Schutt, und da, schräg gegenüber, das Haus lag auf der Straße: ein Haufen Steine. Ein Stückchen war stehengeblieben, man sah in ein Zimmer, geblümte Tapete, eine Wanduhr, zwei Ehebetten, ein Wecker auf dem Nachttisch, ein Kinderbett, auf dem Fußboden mit verdrehten Armen ein Teddybär. Ein Feuerwehrwagen stand vor dem Haus. Wie war er nur so schnell hierhergekommen? Männer mit Sturzhelmen bemühten sich, Steine wegzuräumen, andere, ohne Helme, halfen, zerrten hastig, warfen Trümmer beiseite. Ab und zu hielten sie an und lauschten.

„Da", rief einer, „ich hab' ein Klopfzeichen gehört!"

Wir liefen hinüber, aber wir konnten nichts tun. Die Retter standen schon Schulter an Schulter. Wir mußten uns um unser eigenes Haus kümmern. Es stand, aber die Türen hingen in den Angeln und waren nicht mehr zu schließen, alle Fenster waren zersplittert, und das Dach hatte große Löcher. Außerdem war die Gefahr, daß wir abbrannten, noch nicht gebannt, denn dicht hinter dem unseren brannte ein anderes Haus lichterloh und ein zweites seitlich, und der Nachtwind warf Funkengarben zu uns herüber. Wir entschlossen uns, auf dem Dach Brandwachen aufzustellen. Wassereimer wurden für den Notfall hinaufgeschleppt. Wir wechselten uns ab, immer eine Stunde lang hielten zwei von uns auf dem Dach Wache, um herüberfliegende glühende Trümmer zu beseitigen und zu löschen. Kulicke und ich hatten die erste Wache. Wir standen nebeneinander und starrten in das Inferno und die Vernichtung um und unter uns.

„Kenn' Se schon den neusten politischen Witz?" fragte Kulicke.

Ich schüttelte den Kopf. Mir war nicht nach Witzen zumute, aber Kulicke ließ sich nicht stoppen: „Der neuste politische Witz heißt: Wir siejen!" Sein grinsendes, verzerrtes Gesicht sah vor dem Flackerschein der Brände aus wie ein bizarrer Wasserspeier auf dem Dach einer gotischen Kathedrale.

Niemand schlief in dieser Nacht. Wir räumten auf, stellten die durcheinandergefallenen Möbel wieder an ihre Plätze, fegten die Glasscherben vom Tisch und von den Betten und versuchten, die Türen wieder in die Angeln zu hängen. Auch saß uns noch immer die Furcht im Nacken, die Bomber könnten zurückkehren und wir würden nicht rechtzeitig vor ihnen gewarnt, weil die Sirenen schweigen mußten. Am Morgen wollte es nicht Tag werden. Als dichte, düstere Wolke lagen Staub und Qualm über unserm Viertel. Am Platz wurden in einem Laden Pappen ausgegeben, um die leeren Fensterhöhlen damit zu vernageln. Frau Teltow, der Friseur, Fräulein Hinze und ich stiegen mit den Pappen unterm Arm über Trümmer und Balken, umgingen vorsichtig den Kessel, in dem der Blindgänger einer Sprengbombe jeden Augenblick krepieren konnte, und passierten vier Gestalten, die, notdürftig mit Laken zugedeckt, still nebeneinander lagen. Vor dem ausgebombten Haus blieben wir einen Augenblick stehen.

Frau Teltow putzte sich die Nase und sagte erstickt: „Jestern hat sich die Frau Malitzke noch bei mir Mehl jeborgt – und wo isse nu? Sie und ihre vier Jören? So nette Jören!"

Ich blickte sie an. Eine breite Schmutzspur lief über eine ihrer Wangen, ihr Haarknoten war flüchtig und unordentlich zusammengedreht. Sie hatte ihre Hakenkreuzbrosche verloren, und der Blusenkragen stand offen und zeigte den mageren Hals. Die Augen und die Nasenspitze waren gerötet. Es war nicht meine ‚proppere, or'ntliche' Frau Teltow, die da neben mir stand, aber diese hier mochte ich eigentlich lieber.

Wir wandten dem ausgebombten Haus den Rücken zu und starrten das unsere an, dieses alte Haus voller Mängel, das nie schön gewesen war und jetzt einen jämmerlichen Anblick bot. Plötzlich erschien es uns als ein Hort der Behaglichkeit, und wir sehnten uns nach etwas Unwirklichem:

Nach einer Nacht voll ungestörten Schlafs frühstükken zu dürfen, morgenmüde die ausgetretenen Stufen im Treppenhaus hinabzugehen, die Hand am Geländer, vorbei an den Türen, aus denen es nach Kaffee und frischen Brötchen duftet; abends heimzukehren ohne ängstlich um die Straßenecke zu gucken, ob das Haus noch steht – dann beim Zufallen der schweren Haustür hinter sich zu wissen: Jetzt fängt der Feierabend an. Abendbrot: die Füße in Hausschuhen unterm Tisch, leise Radiomusik – keine Sondermeldungen, sondern leichte, hübsche Musik –, die Zeitung in der Hand mit Nachrichten über das Ansteigen der Butterpreise, Einbrüche, einen Raubüberfall, dem Fortsetzungsroman, Geburtsanzeigen und Anzeigen von Leuten, die friedlich und normal in ihrem Bett gestorben waren. Im Frühjahr würde man durch die offenen Fenster auch abends noch vom Hof her die grellen Stimmen der Kinder hören – Hopse und Springseil –, sonnabends vormittags das Schwatzen der Frauen am Müllkasten, das behagliche Geräusch des Teppichklopfers, das Dudeln eines Leierkastens und das Schilpen der Spatzen.

CHLOSSEREI

Wir sehnten uns verzweifelt fort aus dieser „großen" Zeit voller Schicksale und Heldentaten in ein ganz gewöhnliches Leben voller Alltäglichkeiten in diesem ganz gewöhnlichen grauen, alten Großstadthaus.

II.
Damals – als immer noch kein Frieden war

Dann, als alles vorüber war, hatten wir wieder unseren Alltag. Aber er war fern von der Idylle, die wir uns erträumten. Zwar saßen wir nachts nicht mehr im Luftschutzkeller, keine Bomben fielen, es wurde nicht mehr geschossen, und in den Zeitungen standen nicht mehr lange Listen mit Namen unter der Überschrift: „Gefallen für Führer und Vaterland".

Das war schon viel, aber zu essen gab es noch weniger als vorher, und Kohlen waren kaum noch vorhanden. Da Sommer war, merkten wir es nicht durch kalte Füße und klappernde Zähne, wir merkten es daran, daß wir abends und nachts bis auf ganz kurze Zeit im Dunkeln sitzen mußten, weil Stromsperren uns die Glühlampen auslöschten, was besonders für mich schmerzlich war, da es mir die bitter notwendige Studienzeit verkürzte. Wir merkten es daran, daß Gas- und Elektroherde oft mitten beim Essenkochen ihren Geist aufgaben und wir die kargen Mahlzeiten auch noch halb roh verzehren mußten.

In den Krankenhäusern, in denen ich jetzt als cand.

med. hospitierte, mußte häufig eine begonnene Operation bei Kerzenlicht vollendet werden.

Auch blieben viele Angehörige erst einmal verschollen, andere verschwanden jetzt.

Außerdem hatten wir Gäste in der Stadt, die uns zwar von Hitler befreit hatten, aber doch fremd und unheimlich waren, weil sie von Fall zu Fall ganz verschieden uns als Besiegte oder Befreite behandelten, uns entweder mit der Waffe vor der Nase herumfuchtelten und ,,Frau komm!" riefen oder unseren Kindern Bonbons schenkten und uns Kommißbrote.

Wir waren alle noch dünner geworden und nicht sehr heiter, selbst Kulicke nicht. Als ich eines Morgens die Treppe herunterkam, hantierte er gerade mit dem Besen: ,,Mist", murmelte er, ,,in ein' Fejen is man, in ein' Fejen! Wie'n oller Mann mit Artillerieverkalkung is det Haus, dauernd rieselt der Kalk, det kann ein' richtig die Laune verderben!"

,,Nanu, wer kann Ihnen schon die Laune verderben?" fragte ich.

,,Na ja, wenn man Sorjen hat!"

,,Sorgen – haben Sie denn Sorgen?"

,,Und wat für welche – wejen den Knallkopp da oben!"

Ich wußte, daß Kulicke ,,nach die Zeitenwende", wie er den Zusammenbruch nannte, Hinze nie mehr als ,,Goldfasan" oder ,,Treppenterrier" bezeichnet hatte, sondern ihn schlicht „den Knallkopp“ nannte. Aber ich verstand nicht, warum Hinze ihm jetzt noch Sorgen machen sollte.

Als er mein erstauntes Gesicht sah, fuhr er fort: „Die kleene Hinze war vorhin da und hat jejammert – abjeholt ham se den Knallkopp.“

Ich erschrak: „Weswegen?“

„Det wees keener. ’n Russe war’s und ’n Deutscher. ’ne Zahnbürste sollt’ er mitneh’m. Sie ham der kleenen Hinze nur jesagt, det et uff die russische Kommandantur jeht, sonst nischt. Ick wer’ nachher mit det Meechen mitlatschen zu de Kommandantur, damit et nich so schutzlos is, det Meechen.“

Ich sah im Geiste das stattliche, berolinahafte Fräulein Hinze vor mir und verglich sie mit dem mickrigen Kulicke. Aber vielleicht hatte er recht. Er war bekannt als Anti-Nazi und auch dafür, daß er während des „dritten Reiches“ sich durch sein vorlautes Mundwerk oft gefährdet hatte. Ich wünschte ihm viel Glück und machte mich auf den Fußmarsch von Neukölln bis zur Friedrichstraße zu den Vorlesungen.

Da es keinerlei Verkehrsmittel gab, wanderten wir kreuz und quer durch die Stadt, die eher einer Mondlandschaft glich mit ihren Trümmerbergen, zerbrochenen Laternenpfählen und aufgerissenem Pflaster. Manchmal mußten wir einen zerschossenen Panzer umgehen oder einen Bombentrichter, in dem vielleicht noch ein Blindgänger lag. Wir gingen durch unsere berühmten Parks, in denen keine Blumen mehr wuchsen, deren Erde durch Geschosse aufgewühlt war, wo die Bäume als bizarre, verbrannte Stümpfe in den Himmel ragten, und keine Vögel sangen.

Abends war alles ganz gespenstig. Am Tage gab es wenigstens noch etwas Leben, vor allem durch die „Trümmerfrauen", die wie Ameisen über die Trümmerberge krochen, mit ganz unpassend fröhlichem „Plim-Plim" die Ziegelsteine wieder in brauchbare Form zurechtschlugen und in langen Ketten anscheinend völlig sinnlos durch Zureichen Schutt von einer Stelle zur anderen beförderten.

Am Tage konnte man auch die mit Kreide oder Kohle an Mauerreste der Ruinen geschriebenen Nachrichten für Heimkehrer lesen: „Sind in Spandau bei Tante Trude – Oma, Karin und Peter!"

Am Tage mußten wir Frauen aber auch große Umwege um die Russenkasernen und Kommandanturen machen. Sie waren oft die einzigen restaurierten Häuser der Straße.

In den belebteren Straßen gab es Bettler, Kriegsblinde, die die Zither spielten, Rußlandheimkehrer in zerfetzten Kleidern, die um ein Stück Brot baten. Ein scheuer Mann stand da mit einem Schild um den Hals: „Bettler – Dr. phil. – sucht Brot und Arbeit."

Dann war da wieder der hektische Versuch, etwas

Vergnügen aufleben zu lassen. Am grellbunt bemalten Eingang zum Keller einer Ruine stand: „Sita-Bar, Jubel, Trubel, Heiterkeit. Ball der schönen Mädchen und der schlimmen Buben. Wir prämieren das hübscheste Mädchenbein und den schönsten Buben!"

Abends, nach dem Gang durch die Gespensterstadt, war das Haus Schutz, Hort und Heimat.

Als ich heute abend nach Hause kam, klingelte ich gleich bei Kulickes. Er öffnete, und ich fragte atemlos: „Na?"

„Wat denn, na?" meinte er scheinheilig.

„Was ist mit Hinze?"

„Ach, der Knallkopp – is oben, liegt mit 'ne Wärmflasche uff's Sofa und läßt sich von seine Tochter Pfefferminztee kochen zur Beruhijung."

Ich atmete auf: „Gott sei Dank – und wie war's?"

Kulicke machte sich interessant: „Wat war wo?"

„Na auf der Kommandantur!"

„Ach soo – det mein' Se", und nun stürzte er sich nach all den Präliminarien mit Genuß in die Geschichte: „Also wir kam' da an und wurden jleich zu den Offizier jebracht. Der saß uff sei'm Schreibtisch und roochte 'ne Zijarre, ick sage Ihn', een Duft wie Havanna – natierlich Beutejut! Neben ihn stand so'n deutschet Würstchen, dünne, blaß und picklich, und der hat jesagt, det der Hinze einjebuchtet werden soll, weil er als alter Nazi een' Kommunisten denunziert und ins KZ jebracht haben soll. ‚Quatsch', hab' ick jesagt, ‚Quatsch mit Soße!'

Der Deutsche hat nach Luft jeschnappt und wurde janz jrün int Jesichte. Nu wollte der Russe wissen, wat ick jesagt habe, und der Deutsche hat ihm lange meine drei Wörter übersetzt, und plötzlich hat der Russe anjefang' zu lachen. Aber der Deutsche hat janz wild zu mir jesagt: ‚Seien Sie nicht unverschämt, sonst behalten wir Sie gleich auch hier! Wir wissen alles von einem ganz vertrauenswürdigen Mann.'

‚Ick bin ooch vertrauenswürdig', hab' ick jesagt, ‚fragen Se doch unsre janze Straße – det is alljemein bekannt, det ick keen Nazi war, vor allem der Hinze wußte det, da hätt' der mir ja ooch vapfeifen könn'!' ‚Aber wie wollen Sie beweisen, daß das mit der Denunziation nicht stimmt?' fragte der Deutsche so von oben herab. ‚Na', hab' ick jesagt, ‚det is doch klar wie Kloßbrühe, kieken Se sich den Hinze, det Arschloch, jenauer an; der is doch ville zu dämlich, um een' zu verraten – kann der doch jarnich!'

Der Deutsche schnappte noch mal wie'n Karpfen nach Luft, aba der Russe fing wieder an zu lachen, und ick merkte, det der mehr Deutsch konnte, als er vorher so tat. Er brüllte wat auf russisch, ohne auf den Deutschen zu achten, und denn kam een Soldat in Korkenzieherhosen, aba stramm stand der wie bei de Preußen, und denn machte der kehrt, ooch wie bei de Preußen, und verschwand und kam wieder mit den Knallkopp, den Hinze. Der sah vielleicht doof aus, doofer als sonst schon, aber det war jenau jrade det richtje.

‚Na kieken Se sich den mal in Jemütsruhe an', hab' ick jesagt, ‚der hat doch 'n weichen Keks, det sieht doch'n Blinder mit 'n Krückstock. Der kann doch jar nich – nischt kann der –, ooch wenn er jewollt hätte!'

Der Russe schlug sich auf die Schenkel und rief: ‚Weicher Kecks – was sein weicher Kecks? – Aber dumm er sieht aus, serr dumm – nehmen Sie mit!'

Ick den Knallkopp an die eene Hand jenomm' und det Hinzemädchen an die andre und rechtsum kehrt, beinahe so jut wie der russische Soldat vorhin, und nischt wie raus! Vors Haus bleibt doch der Knallkopp stehn und sagt: ‚Ick muß noch meine Zahnbürste holen!' Da hätten Se die kleene Hinze sehn soll'n und vor allem hör'n – wie 'ne Furie! Na, und jetzt sitzt er in seine Stube und nimmt mir übel."

„Aber Sie haben ihn doch vorm Internierungslager gerettet."

„Klar, aber der meint, ick hätte ihn beleidigt!"

„Vata", sagte Mutter Kulicke, „Vata, du jibst an wie 'ne Tüte Mücken. Nu halt mal den Rand, und bring die Suppe hier zu Hinzes ruff!"

„Wat, ooch noch Suppe?" rebellierte Kulicke.

„Also, du jehst jetzt", meinte die kleine Frau energisch, „sonst krichste heut abend ooch keene Suppe!“

Kulicke verschwand murrend.

Bald merkten wir, daß den meisten Berlinern, die auf diese Weise abgeholt wurden, das Wiederkommen nicht gelang. Viele blieben lange verschollen, und manche kamen überhaupt nie zurück. Hinze und Kulicke hatten Glück gehabt, Glück, daß Dimitri auf dem Schreibtisch saß und kein anderer, Dimitri, der sofort gemerkt hatte, daß er und Kulicke gleichgerichtete Seelen waren.

Ein paar Tage nach dem Ereignis auf der Kommandantur erschien er, mit seinen großen Stiefeln durch unser Haus stampfend, klingelte Sturm, drängelte sich an dem die Tür öffnenden Kulicke vorbei, warf ein Kommißbrot, eine Büchse mit Fleisch und eine mit Fett auf den Tisch und stellte feierlich, als beginge er eine heilige Handlung, eine Flasche mit Wodka daneben.

„Du essen!“ schrie er Kulicke an und, indem er auf Frau Kulicke zeigte, „Matka auch essen!“

Er setzte sich an den Tisch, entkorkte die Wodkaflasche und nahm einen kräftigen Schluck. Als er die Flasche wieder absetzte, blickte er das Ehepaar finster an und rief: „Du noch immer nicht essen?!“

Die ersten Bissen blieben den beiden im Halse stekken; aber bald gewöhnten wir uns alle an Dimitris derbe Herzlichkeit, mit der er zu den unmöglichsten Zeiten, vormittags oder nachmittags, früh um fünf oder nachts

um zwölf, auftauchte, uns alle zusammentrommelte, notfalls aus den Betten holte und uns in Kulickes Küche mit Speisen traktierte, die für unsere entwöhnten Mägen meist zu fett und zu schwer waren. Aber die Gier ließ uns essen. Auch wagten wir den Sieger nicht zu kränken, indem wir die derbe Kost verweigerten, denn Dimitri war empfindlich. Seine Sympathiekundgebungen waren oft recht erschreckend, besonders als er Fritzi aufs Korn nahm. Fritzi hatte durch den Kummer, daß ihr Verlobter noch in den letzten Kriegstagen gefallen war, und durch die harte Arbeit in der Munitionsfabrik sehr an Gewicht verloren. Sie sah jetzt elfenhaft zart und lieblich aus, was auch, wie wir mit Sorge bemerkten, Dimitri auffiel.

„Du, kleine Frau, essen, dicker werden!" sagte er und zwickte sie zärtlich.

Fritzi aß, um später alles wieder von sich zu geben.

„Kleine Frau auch trinken, damit fröhlich werden!" lachte Dimitri und hielt ihr ein Glas Wodka unter die Nase.

Als Fritzi angewidert zurückwich, rollte er gefährlich mit den Augen: „Du Dimitri nicht leiden können, du mich nicht gern haben!"

„Doch, doch", flüsterte Fritzi mit zitternder Stimme und goß sich schaudernd den scharfen Wodka in das Hälschen.

Eines Tages erschraken wir heftig, als Dimitri hereinstürmte und Fritzi am Arm packte: ,,Du, kleine Frau, komm mit!"

,,Nein!" jammerte Fritzi, denn das ,,Frau komm" war uns aus den Kampftagen noch in schrecklicher Erinnerung.

,,Doch – kleine Frau, komm mit – kleine Frau tanzen – wir machen Kultura!"

Es stellte sich heraus, daß die Russen, die zu unsrer Überraschung bemüht waren, überall in der Stadt die Theater und Kabaretts anlaufen zu lassen, im ehemaligen Kino an der Ecke einen ,,Kulturpalast", wie sie es großsprecherisch nannten, einrichten wollten. Die mißtrauische Frau Kulicke ging erst einmal als ,,Anstandsdame" mit zu den Proben. Dimitris Pläne für Fritzi waren aber wirklich nur die allerehrbarsten. Von nun an schwenkte sie jeden Abend auf der Bühne die dünnen, aber immer noch hübschen Beinchen nach einer abgespielten, krächzenden Schallplatte und kassierte dafür jeweils ein Kommißbrot, eine Büchse Fett oder Fleisch, was ihre Rundungen wieder etwas aufleben ließ.

Das übrige Ensemble im ,,Kulturpalast" bestand aus einem Mann, der seinen dressierten Pudel über die Notzeiten gerettet hatte, einer älteren Dame, die mit zitternder Stimme Goethegedichte rezitierte, und einem Sänger, dessen Schubertlieder zuerst beim Publikum nicht das rechte Interesse erregten, bis ihm eines

Tages einfiel, daß er das Wolgalied im Repertoire hatte, was dann auch stets frenetischen Beifall der anwesenden russischen Soldaten hervorrief.

Wir besuchten immer wieder einmal den ,,Kulturpalast", obgleich wir das Repertoire bald auswendig kannten, aber es diente immerhin dazu, uns etwas von unsrer Alltagsmisere abzulenken.

Bei Dimitris Gelagen fehlte nur eine Person aus unserem Haus, nicht etwa Hinze, der saß stumm, aber intensiv kauend in der von dem Russen am weitesten entfernten Ecke des Zimmers. Es fehlte Frau Teltow, obgleich es ihr von uns allen wahrscheinlich am schlechtesten ging. Hinze war wegen seines steifen Beines von dem Pflichtdienst, zu dem die Russen ehemalige Parteigenossen verurteilt hatten, befreit worden. Frau Teltow arbeitete aber als ,,Trümmerfrau", mußte den Schutt von den Straßen auf die Ruinengrundstücke räumen, und zwar buchstäblich mit eigenen Händen, weil die Russen jegliches Arbeitsgerät, wie Karren, Spaten und Hacken, zur eigenen Verwendung hatten mit sich gehen lassen.

Die Arbeit war unsäglich schwer, vor allem auch, weil Frau Teltow, zuerst als ,,Hausfrau" eingestuft, die niedrigste Lebensmittelkarte erhalten hatte – ,,die Friedhofskarte", wie die Berliner sie nannten, weil die Nahrungsmittel, die man dafür erhielt, mit Sicherheit nicht zum Überleben reichten. Schließlich merkten die

Russen, daß ihre Nazi-Arbeitskräfte wegen Erschöpfung zu wenig leisteten, und gaben ihnen eine bessere Lebensmittelkarte. Trotzdem war es immer noch bei weitem zu wenig für die harte Arbeit, und meine Frau Teltow wurde zu einem wandelnden Skelett, an dem nur die aufrechte Haltung und der „proppere" straffe Haarknoten an die früher so stattliche Frau erinnerten. Ich versuchte sie zu überreden, an Dimitris Festessen teilzunehmen, aber sie schüttelte energisch den Kopf: „Nee, mach' ick nich – ick hab' ja ooch meen' Stolz!"

Für uns andere wurden Dimitris Gelage bald zu den Glanzpunkten unsres Daseins. Wenn er erschien, rauschte ein Klingeln durch das ganze Haus von Wohnung zu Wohnung, ein Flüstern: „Er ist da!", ein Eilen von Füßen die Treppe hinab, und einer nach dem andern erschien bei Kulickes, um nur „mal gerade guten Abend zu sagen".

Wir hatten Kommißbrot, Fett und Fleisch bitter nötig, denn wir erhielten damals auf unsere Karten im Durchschnitt täglich nur etwa 20 g Zucker, 10 g Fett, 40 g Fleisch und 400 g Brot. Das reichte weder zum Leben noch zum Sterben. Zum Sterben reichte es nur bei dem alten Vater von Frau Schwarz, der eines Tages während einer leichten Erkältung still verschied. „Chronische Unterernährung", seufzte der Arzt, „das erlebe ich jetzt täglich."

Leider wurde Dimitri eines Tages versetzt, vielleicht,

weil er zu sehr mit uns „fraternisiert“ hatte, ein Modewort der damaligen Zeit. Er verließ uns nach einer nächtlichen Feier, bei der der Wodka in Strömen floß und wir alle uns in den Armen lagen und abwechselnd „Das ist die Berliner Luft, Luft, Luft“ und das „Wolgalied“ sangen.

Als Stromsperre kam, sagte Kulicke: „Stalin will jetzt schlafen und knipst det Lichte aus!“ Was bei Dimitri ein dröhnendes Gelächter hervorrief.

Danach mußten wir wieder nur von unseren Karten leben und wurden immer dünner – auch blasser und grauer, weil es kaum noch Seife gab. „Waschen Se sich noch?“ fragten sich die Berliner gegenseitig. „Ick mach' nur noch Kniebeujen, det der Dreck abplatzt.“

Nicht viele Russen waren wie Dimitri. Wir wurden bedroht und ausgeplündert. Es gab im ganzen Haus, bis auf Frau Teltows alte Standuhr, die aber nicht ging, weil ein Russe sie zu Schießübungen benutzt hatte, keine Uhr mehr, weil die russischen Soldaten Liebhaber und „Sammler“ von Uhren waren. Dabei spielte es keine sehr große Rolle, daß wir in den Tag hinein lebten, weil doch keine Züge, Busse und Straßenbahnen mehr fuhren, die wir pünktlich hätten erreichen müssen. Man fing seine Arbeit, so man zu den Glücklichen zählte, die eine hatten, nicht zu einer bestimmten Stunde oder gar Minute an, sondern dann, wenn man am Arbeitsplatz glücklich gelandet war. Auch die Professoren in der Universität warteten bei ihren Kollegs geduldig, bis genügend Studenten für ein Auditorium eingetroffen waren, ehe sie ihre Vorlesungen begannen. Denn die Fußmärsche durch die Stadt, die wir absolvieren mußten, waren oft nicht ohne Hindernisse. Unsere Fahrräder wurden wir schon in den ersten „Friedenstagen“ los und manchmal auch unsere Mäntel.

Ein Kommilitone von mir mußte an einem kühlen Tag seinen schönen, dezent umfrisierten Luftwaffen-Offiziersmantel einem russischen Soldaten aushändigen, der ihm dafür sein schmutziges, geflicktes Mäntelchen zuwarf. Resigniert kroch der Student hinein und wanderte weiter die Straße entlang, während der Russe schon längst um die Ecke geradelt war. Ein schlechter Mantel ist besser als gar keiner, dachte der Student und steckte fröstelnd die Hände in die Taschen. Aber er konnte sie nicht tief hineinstecken, weil beide Taschen angefüllt waren mit Uhren: Armband- und Taschenuhren in Stahl, Silber und Gold. Sogar eine kleine mit Brillanten besetzte Damenuhr war darunter.

Kulicke wurde immer dünner und elender, obgleich er dank Mutter Kulickes Geschicklichkeit relativ gut zu essen hatte. Auch erhielt er manche Sonderration über Weitmüllers, das Friseurehepaar. Die beiden übten nicht mehr ihren Beruf aus, sondern betreuten die alte jüdische Dame, die sie während der Nazizeit als ihre angebliche Tante bei sich versteckt hatten. Diese ehemals wohlhabende Frau hatte eine Wohnung erhalten, bekam auf Grund ihrer Naziverfolgung Sonderrationen, außerdem CARE-Pakete von jüdischen Verwandten aus Amerika. Sie war durch die Verfolgungen in einem schlechten Gesundheitszustand. Den Weitmüllers war sie sehr dankbar und betrachtete sie fast als ihre Kinder, mit denen sie alles teilte, was sie zusätzlich an Lebensmitteln erhielt. Sie hatte aber auch nicht vergessen, daß Kulicke ihr in der schlimmsten Zeit ab und zu einen Kaninchenbraten gebracht hatte, und zeigte ihm ihre Dankbarkeit, indem sie ihm Kakao, Butter, Milchpulver und Käse schickte. Doch konnte Kulicke auch die Sonderrationen nicht bei sich behalten. Er krümmte sich vor Magenschmerzen, erbrach und mußte öfter aufstoßen.

Frau Kulicke stieß ihn an: „Aba Vata, benimm dir doch, wo wir'n angehendet Fräulein Doktor bei uns ham!" Das war eine Anspielung auf das medizinische Staatsexamen, das ich gerade absolvierte.

„Laß man, Mutta, die is det von ihre Kranken her jewöhnt", sagte Kulicke und versuchte, sein Elend mit einem Witz zu überspielen, „außerdem – Rülpsen is jesund. Hauptsache de Vorderzähne halten's aus!"

Wie gut, daß Kulicke Hosenträger trug. Kein Gürtel hätte die Hosen an dieser klapperdürren Gestalt festhalten können.

Ich nahm Kulicke mit in die medizinische Poliklinik der Universität. Er wurde geröntgt, und man stellte ein Magengeschwür fest. Ruhe, frische Luft und Diät wurden ihm verordnet. Für die Diät erhielt er eine Lebensmittelzulage, vor allem Milch. Strahlend kam er nach Hause. „So'n Loch im Magen is jar nich zu verachten!"

Auch Ruhe und frische Luft wurden ihm gegönnt. Ein früherer Arbeitskollege starb, und er übernahm dessen Schrebergarten am Priesterweg an der Bahnböschung. Hier fing er an, Gemüse zu ziehen, und hielt sich auch ein paar Hühner. Sein Zustand besserte sich zusehends. In regelmäßigen Abständen wurde er wieder geröntgt, um zu beweisen, daß er die Lebensmittelzulage noch nötig hatte. Eines Tages war das Geschwür abgeheilt, und Kulicke nahm wehmütig seine letzte Milchzulage in Empfang.

Zur Erinnerung an sein „Loch im Magen" bat er sich die Röntgenbilder aus.

Erstaunt entdeckte ich diese eines Tages wieder. Noch immer waren unsere Zimmer nur teilweise verglast, der Rest mit Pappe zugenagelt. Diese Pappen hatte Kulicke durch seine Röntgenbilder ersetzt. „Det is jleichzeitig heller und schöner", meinte er und zeigte allen, die es wissen, und auch denen, die es nicht wissen wollten, sein „inneres Ich" mit dem von Bild zu Bild mehr zuheilenden „Loch".

Kulickes Schrebergarten war für ihn, seine Frau und

auch für mich ein großes Glück. Nicht nur, daß wir dadurch zusätzlich Lebensmittel erhielten, konnten wir auch der staubigen, lauten, immer mehr verelendenden Großstadt entfliehen . Ich durfte mich dort im Liegestuhl rekeln und für das Staatsexamen ,,büffeln", während Kulicke ,,pusselte".

Er war wieder fröhlicher und hielt muntere Selbstgespräche, während er jätete, goß, Bohnen an Stöcke band und Tomaten erntete: ,,Mist brauchte man, Mist, denn würde allet ville besser jedeih'n. Wo bleibt bloß der janze Mist, den die immerzu da oben in de Rejierung produzier'n? Der kleene Mann kommt bei de Verteilung mal wieder zu kurz. Na, denn muß ick eben meine Kohlrabis jut zureden, damit se wachsen!"

Einmal erschreckte er mich mit dem Ausruf: ,,Mensch, Junge, nimm doch jefälligst die Beene von mein' Tisch, wat is'n det vor'n Benehm'?!"

Ick zuckte zusammen, denn meiner Meinung nach waren nur wir beide im Garten. Als ich zur Sitzecke im Fliedergebüsch hinübersah, merkte ich, daß Kulicke auf diese Art einen Spatz verjagt hatte. ,,Sie reden den Spatz mit ,Mensch' an?" lachte ich.

Kulicke war etwas verlegen: ,,Na ja, ick wollte den mal so richtig beleidjen, denn der läßt det nich und läßt det nich!"

Die Ruhe im Schrebergarten wurde nur ab und zu durch einen vorbeifahrenden S-Bahn-Zug gestört.

Aber darüber ärgerten wir uns nicht, sondern winkten erfreut. Das Leben in Berlin fing langsam an, sich ein wenig zu normalisieren. Wir mußten, wenn wir zur Arbeit gingen oder Tante Berta am anderen Ende der Stadt besuchen wollten, nicht mehr stundenlang durch die Straßen laufen, sondern konnten manchmal sogar schon wieder fahren.

Die Russen zogen sich in den Osten der Stadt zurück, von uns mit Erleichterung registriert, denn wir wußten damals noch nicht, daß unsere Stadt damit in zwei Teile auseinanderbrach. Wir brauchten nun keine Angst mehr zu haben vor „Frau komm mit!" und „Uri-Uri!"

Mit den Amerikanern, die nachrückten, würden wir uns wenigstens unterhalten können. Aber so, wie wir es uns vorgestellt hatten, kam es nicht. Die „Amis", wie wir sie nannten, blieben zurückhaltend und kühl. Sie interessierten sich zwar nicht für unsere Uhren, aber um so mehr für unsere Möbel, mit denen sie ihre Clubs ausstatteten. Zu essen brachten sie uns auch nicht mehr mit, und das sehr weiße fade Brot wie das Kartoffelpulver „Pom" aß man sich schnell über.

Doch die Berliner dichteten: „Besser ‚Pom' als ‚Frau komm!'"

Der Hunger blieb uns treu und gestohlen wurde, was nicht niet- und nagelfest war. Kulicke brachte abends vom Schrebergarten die gackernden Hühner im Rucksack mit nach Hause und ließ sie in der Küche übernachten. Als die Tomaten, Bohnen und Mohrrüben zu reifen begannen, schliefen immer abwechselnd er oder seine Frau in der Laube am Bahndamm.

Eines Nachts hörte Kulicke verdächtige Geräusche am Hühnerstall. Er griff sich den derben Stock, der immer neben seiner Liege in der Laube lehnte, riß die Tür auf und stürzte hinaus. Eine dunkle Gestalt machte sich am Schloß des Stalls zu schaffen. Mit zwei Schritten war Kulicke, den Knüppel schwingend, hinter dem Mann, der sich mit einem Schreckensschrei umdrehte und davonlaufen wollte, aber Kulicke packte ihn am Arm: „Hierjeblieb'n, du Rabenaas, dir werd' ick's zeijen!"

Der Mann versuchte sich loszureißen, aber plötzlich gaben seine Beine nach, und er drohte umzufallen. Kulicke konnte ihn nur mit Mühe aufrecht halten und merkte, daß der Dieb leicht wie ein Kind war. Ohne Mühe schleppte er ihn zur Laube und stieß ihn hinein. Der Mann fiel auf die Bank hinter dem Tisch, legte den Kopf zwischen die Arme und schluchzte. Kulicke steckte ein Kerzenstümpfchen an und betrachtete seinen Fang näher. Es war ein junger Mann, kaum größer als Kulicke und so dünn, daß er nur aus Haut und Knochen zu bestehen schien. Eine zerfetzte Uniform schlotterte um die elende Gestalt. Die Füße waren mit schmutzigen, zerrissenen Fußlappen umwickelt. Kulicke berührte ihn an der Schulter: „Na, wat is denn nu", sagte er begütigend, „nu hör mal uff zu flenn' – ick tu' dir ja jar nischt!"

Der Mann hob den Kopf und schaute über einen struppigen Bart hinweg Kulicke aus Augen an, die tief in den Höhlen lagen. „Hunger!" flüsterte er.

Kulicke ging zu seinem Rucksack und holte das Frühstücksbrot hervor. Er schob es dem Mann hinüber, der gierig darüber herfiel, während ihm die Tränen weiter in den Bart liefen.

Am nächsten Tag brachte Kulicke Ewald mit in unser Haus. Ewald war wegen Krankheit vor ein paar Wochen aus russischer Kriegsgefangenschaft entlassen, in einen Viehwagen gesteckt und gen Westen gefahren worden. Kurz vor Berlin wurde er auf die Straße gesetzt. Er wußte nicht, wohin er sich wenden sollte, denn er stammte aus Ostpreußen. Keine der Stellen, an die er sich wandte, fühlte sich für ihn verantwortlich. Vor den russischen und amerikanischen Kommandanturen hatte er eine panische Angst, weil er glaubte, daß er dort wieder in ein Lager gesperrt würde.

Ewald zog zu Hinzes, wurde von Fräulein Hinze entlaust und gesund gepflegt, und Kulicke sorgte dafür, daß er Zuzugsrecht und Lebensmittelkarten erhielt. Je mehr Ewald erstarkte, desto deutlicher erkannten wir, daß Kulicke uns ein Juwel ins Haus gebracht hatte. Ewald war ein Praktiker. Er sprach fast kein Wort, aber er tat um so mehr. Er konnte alles reparieren, vom kaputten Bügeleisen bis zur in den Angeln hängenden Tür und der defekten elektrischen Leitung. Wir lebten damals nur in Resten und mit Resten, in den Resten von Häusern und Kleidern, mit den Resten von Geschirr und anderen Gegenständen. Es war fabelhaft, wie Ewald aus Resten neue Gegenstände zauberte, aus den Resten eines Schrubbers und eines Handfegers einen Besen und aus den Resten von zwei Radios ein neues. Er baute Frau Kulicke und Fräulein Hinze für die Stromsperren kleine Kohlenherde aus Backsteinen vom zerbombten Haus gegenüber und schaffte auch noch die nötigen Briketts herbei.

So sehr sich Frau Kulicke darüber freute, fragte sie doch mißtrauisch: „Du, Vata, ick jloobe, der Ewald, der klaut schon wieder."

Kulicke schmunzelte: „Nee, nee, Mutter, der klaut nich – der orjanisiert bloß!"

„Orjanisieren", Frau Kulicke schüttelte den Kopf, „wat det jetzt allet für neumod'sche Ausdrücke jibt. Ick jloobe, det is doch nischt andres als Klau'n. Der soll bloß uffpassen, det er nich selber jeklaut wird!"

Der Unterschied von „Klauen" und „Organisieren" wurde damals so verstanden, daß man beim Klauen sich gegenseitig die wenigen Habseligkeiten stahl, was als absolut ehrenrührig galt, während man beim Organisieren die reiche amerikanische Besatzungsmacht um etwas Nahrung oder Heizmaterial erleichterte, eine Sache, die zwar gefährlich war, weil sie streng bestraft wurde, aber einen gewissen sportlichen Reiz hatte und als Kavaliersdelikt galt.

Ewald stellte auch den Kontakt zum „schwarzen Markt“ her. Sein erstes großes Geschäft fand allerdings außerhalb des schwarzen Marktes statt: Er hatte während der Kriegsgefangenschaft an Sold RM 2000,– verdient, die er tatsächlich ausgezahlt bekam.

„Der hat jetzt vielleicht Murmeln!“ stellte Kulicke anerkennend fest.

Ewald startete eine komplizierte Aktion, um endlich seine Fußlappen loszuwerden. Er hatte von einer Arztwitwe gehört, die sich ein Klavier für etwa 2000,– kaufen wollte und deshalb ein Paar Skistiefel ihres Mannes für den gleichen Preis anbot. Das war nicht unbillig, denn Lederschuhe waren damals ein unbeschreiblicher Luxus. Wir liefen in Stoffschuhen mit Holzsohlen herum.

Ewald griff zu, da die Schuhe auch paßten, das heißt, sie waren etwas zu groß, doch er stopfte sie mit den alten Fußlappen aus.

Dieses Geschäft hatte ihm Mut gemacht, und bald wurde er, so klein und unscheinbar er aussah, zu einem Geschäftsmann, der die gewagtesten Transaktionen auf dem schwarzen Markt tätigte.

Der schwarze Markt war wegen der Rationierung

streng verboten. Die zur Verfügung stehenden Lebensmittel sollten nach Maßgabe der Militärregierung verteilt werden. Für unseren Begriff war diese Maßgabe aber oft ungerecht, außerdem wurde der schwarze Markt wesentlich durch amerikanische und russische Heeresverpflegung bereichert. So kauften wir dort, weil wir sonst kaum hätten überleben können. Er fand im Tiergarten vor dem zerstörten Reichstag statt, wo die Russen und Amerikaner für Lebensmittel, Alkohol und Zigaretten die letzten Kostbarkeiten aus den Haushalten eintauschten. Geschickte Deutsche, sogenannte Schieber, verstanden es, Ware aufzukaufen und mit einem Preiszuschlag weiterzuverkaufen. Bald gab es im Tiergarten fast alle Ware, die wir uns ersehnten, zu horrenden Überpreisen zu kaufen. Die Schieber verdienten dabei eine Menge Geld. Auch Ewald wurde ein wohlhabender Mann, aber er war nie skrupellos und ließ uns an seinem Reichtum teilnehmen.

Manchmal nahm er Kulicke und auf seine Bitten auch einmal Hinze mit vor den Reichstag, aber Hinze nur ein einziges Mal, weil er beim Erscheinen der Polizei nicht wie Ewald, Kulicke und die anderen die Geistesgegenwart gehabt hatte, spurlos zu verschwinden, sondern sich von der Polizei ein Pfund Butter, drei Brote und zehn Zigaretten abnehmen ließ. Was das für ein Verlust war, zeigt folgende Schwarzmarktpreisliste:

Ein Gehalt von 200–300 Reichsmark des arbeitenden Berliners als Vergleich vorausgesetzt, kostete

ein Brot 30–35 RM
ein Pfund Kaffee 450–500 RM
eine Tafel Schokolade 120 RM
ein Pfund Wurst 160 RM
ein Pfund Butter 250 RM
ein Liter Öl 300 RM
eine Zigarette 6 RM

Hinze wagte sich nicht allein auf den schwarzen Markt, aber er jammerte, weil er besonders die Zigaretten sehr entbehrte. Schließlich entdeckte er aber eine viel billigere Quelle zur Befriedigung seines Rauchbedürfnisses. Die amerikanischen Soldaten rauchten ihre Zigaretten meist nur halb auf und warfen den Rest fort. Hinze ging jetzt häufig zum Kurfürstendamm, wo die Amis sich gern in den Cafés aufhielten und flanierten. Er hielt sich in ihrem Kielwasser und sammelte Kippen von der Straße in eine Blechschachtel. Die Abende verbrachte er jetzt damit, daß er aus den Resten den Tabak „pulte" und sich daraus neue „Glimmstengel" drehte.

„Typisch Hinze", sagte Kulicke, „hat jar keene Würde nich!" Und darin war er sich, was selten vorkam, mit Frau Teltow einig.

Die Amis fingen an, unser Leben stärker zu beeinflussen. Der „Kulturpalast" wurde aufgelöst und ein Club für Soldaten und Offiziere dort eingerichtet, in

TAUSCHE
KAUFE
TAUSCH
VER

dem Frau Kulicke eine Stellung als Köchin fand und Fritzi als Kellnerin arbeitete. Beides waren sehr begehrte Posten, weil, wer dort arbeitete, von den hochwertigen amerikanischen Lebensmitteln so viel essen konnte, wie er wollte. Nur mit nach Hause nehmen durften sie nichts und wurden anfänglich sogar streng kontrolliert. Es fiel unseren beiden nicht leicht, zuzusehen, wie die übriggebliebenen Speisen in große Mülleimer gekippt und verbrannt wurden, obgleich wir hungernden Zuhausegebliebenen davon hätten satt werden können.

Immerhin konnte Kulicke jetzt zwei Lebensmittelkarten für sich allein verwenden, und Fritzi verschenkte großzügig von der ihren die Brot-, Fleisch- und Fettmarken. Der Club half uns indirekt wieder ein Stückchen weiter beim Überleben.

Fritzi und Frau Kulicke lernten bei ihrer Arbeit etwas Englisch. Kulicke lernte mit: „Det heeßt jetzt nich mehr ‚Klupp', det heeßt ‚Klapp'!" korrigierte er uns.

Mit der Zeit lockerten sich die Absperrungen, und manches Stückchen Speck und Tütchen mit Zucker und Milchpulver, Reste von Frau Kulickes Kochereien, wurden mit einem sinnvoll von Ewald konstruierten Halteapparat unter Frau Kulickes Röcken aus dem „Klapp" hinaus und zu uns hereingeschmuggelt.

„Mutter, ick wußte jar nich, det du ooch klauen kannst", grinste Kulicke.

,,Ick klaue nich, ick orjanisiere!" konterte Mutter Kulicke.

Fritzi sah rosiger, runder und fröhlicher aus. Bald wurden ihr der Neskaffee, die Schokolade, Corned beef und Zigaretten ganz öffentlich in die Wohnung gebracht – und zwar von Sam.

Viele junge Mädchen hatten jetzt ihren ,,Sam". Der Berliner dichtete wieder einmal, frech und bissig:

,,Mit 'ne Schachtel Chesterfield
macht er meine Schwester wild!"

Fritzi interessierte die Schachtel Chesterfield nicht sonderlich. Auch die anderen guten Gaben, die Sam ihr zu Füßen legte, nahm sie nur als angenehme Beigaben hin. Fritzi brauchte Sergeant Sams starken Arm und seine breite Brust, um sich daran zu lehnen.

,,Det hätt' ick nich' jedacht, det die Fritzi ooch so'n Amiliebchen wird", meinte Frau Teltow empört, ,,ick dachte immer, die wär'n or'ntlichet Meechen!"

Aber Kulicke erklärte: ,,Det is janz wat andret als bei die andern – det is Liebe!"

Fritzi wurde die Fee unseres Hauses mit Nylonstrümpfen an den schlanken Beinen, dem Perlonblüschen zum wadenlangen ,,New Look"-Rock, mit den mit amerikanischer Seife gewaschenen duftigen Locken und dem Make-up.

,,Zart wie'n Kinderpopo", sagte Fräulein Hinze neidisch. Wir anderen wirkten dagegen wie graue Mäuse.

Der Clou war, als Sam ihr zum Geburtstag eine Riesenflasche Parfum schenkte. Sie ließ uns alle daran riechen und tupfte uns großherzig etwas davon auf die Blusen.

„Nimm man nich so ville davon", warnte Frau Teltow, „sonst riechste jleich nach Puppchen!"

Eines Tages waren die Biermanns wieder da, die Mutter samt ihren drei Buben. In Köln, in den letzten Tagen ausgebombt, hatten sie in Notquartieren – Baracken und halb zerstörten Bunkern – gelebt und sich schließlich auf den Marsch nach Hause gemacht.

Sie konnten nur kurze Strecken mit der Eisenbahn fahren, liefen dazwischen viele Kilometer, wurden manchmal von Bauernfuhrwerken und Militärtransporten mitgenommen, schliefen in Wäldern und Scheunen, bettelten, wenn sie nichts mehr zu essen hatten, und schlichen schließlich unter Lebensgefahr über die „grüne Grenze", die Linie zwischen der amerikanischen und der russischen Besatzungszone, deren Übertretung ohne Passierschein streng verboten war, wo man von den Grenzposten, wenn sie einen erwischten, meist zurückgeschickt oder eingesperrt wurde. Manchmal fielen auch Schüsse.

In einen der ersten Züge, der von der Grenze aus nach Berlin fuhr, quetschten sie sich, der Jüngste wurde durch das Abteilfenster hereingeworfen, und nach lan-

ger Fahrt mit vielen Aufenthalten standen sie dann endlich vor unserer Haustür.

Frau Biermann fiel Frau Kulicke weinend um den Hals. Niemand hätte der ängstlichen kleinen Frau so viel Energie zugetraut.

„Aba – wir hatten da keen Zuhause nich mehr, und die Leute sind da unten so anders, und da hab' ick zu meine Jungs jesagt, nu woll'n wa ma kieken, ob unsre scheene Wohnung noch da is. Und nu isse tatsächlich noch da und nur'n bißken anjeknackst." Diesmal sank sie Fräulein Hinze in die Arme und flüsterte schluchzend: „Nu wird allet jut, nu wird Vata ooch wieda nach Haus komm'!"

Die drei Jungen waren dünn und braun und platzten fast vor Eifer, uns all ihre aufregenden Abenteuer zu erzählen. Der Jüngste war kein Baby mehr, sondern sechs Jahre alt. Mutter Kulicke nahm sie erst einmal alle mit in ihre Küche und setzte ihnen Kohlrüben-Eintopf vor, der eigentlich für sie und ihren Mann die ganze Woche über hatte reichen sollen.

„Jut, det wir'n Jarten ham!" meinte Kulicke, als er vom Priesterweg nach Hause kam und die Invasion in seiner Küche vorfand. Er holte die Hühner aus dem Rucksack und setzte sie in den alten Kaninchenstall.

Der jüngste Biermann-Sohn hielt mitten im Löffeln inne und rief: „Mutta, kiek mal – lauter Adler!"

Im Deutschland von 1946 hatten die Biermanns

selbst auf ihrer Wanderung über die Dörfer keine Hühner mehr zu sehen bekommen.

Wenn Kulicke jetzt den Hof fegte, saß der jüngste Biermann-Sohn, den Kulicke ,,Piefke" nannte, auf der Teppichstange und unterhielt sich mit ihm.

,,Wat der Junge allet wissen will", meinte Kulicke, ,,der fragt ein' ja 'n Loch in Bauch – da muß ick mir uff'n schwarzen Markt direkt noch'n Konversationslexikon eintauschen!"

,,Jejen wat denn, jejen Kohlrüben?" fragte Mutter Kulicke.

Von nun an hatte Kulicke die Taschen immer voller Kaugummi, den seine Frau aus dem ,,Klapp" mitbrachte, für die Biermann-Jungs.

Einmal traf ich ihn, als er vom Hof hereinkam und ganz nachdenklich aussah: ,,Wissen Se, wat ick eben erlebt habe? Der Piefke, der hat mir jefragt, ob ick'n Kaujummi vor ihn hab'. ,Du hast doch heute schon mal een' jekricht', hab' ick jesagt. ,Den hab' ick mir hinters Ohr jeklebt für heute Nachmittag', hat er jesagt, ,jib mir mal noch'n zweeten für jetzt!' – Und wissen Se, da fiel mir ein, det ick so wat doch schon mal erlebt hab', haarjenau beinah detselbe, bloß mit Sahnebonbons – det war doch der kleene Weitmüller, so 'ne nette blonde Rotzneese, der denn später in die letzten Kriegstage jefallen is ..." Kulicke schluckte und wandte mir den Rücken zu, aber in der Tür zu seiner Wohnung drehte er sich noch einmal um: ,,Na ja – solange et noch Berliner Jören jibt ...", und er machte eine Bewegung, die Trauer und Hoffnung zugleich ausdrückte.

Mein bestandenes Staatsexamen und die Verlobung von Ewald und Fräulein Hinze feierten wir zusammen in Kulickes Schrebergarten. ,,So'n richtjet Laubenpieperfest soll det werden!" erklärte Kulicke. Und das wurde es auch, mit Lampions in den Apfelbäumen – die Kerzen dafür hatte natürlich Ewald besorgt –, mit einer langen Tafel, bestehend aus einem Gartentisch und der ausgehängten Hühnerstalltür, weil wir sonst nicht alle Platz gefunden hätten. Ich hatte von der Freundin eines amerikanischen Offiziers, die ich in der Poliklinik ärztlich behandelte, eine Tafel Schokolade geschenkt bekommen und in vier Brote umgetauscht. Die Schnitten bestrichen wir mit Kulickes Brombeermarmelade und Peanutbutter aus einem der CARE-Pakete, die das Friseurehepaar allmonatlich auf Veranlassung der alten jüdischen Dame von amerikanischen Freunden aus New York geschickt bekam. Sam hatte Nescafé mitgebracht und Ewald Bonbons vom schwarzen Markt. Wir saßen zusammen, aßen, tranken und schwatzten. Fast wie in der Kellerzeit waren alle Hausbewohner dabei, sogar Frau Teltow, die sich erst heftig gesträubt hatte: ,,Ick kann nischt mitbring' und außerdem, die kieken mir doch alle dumm an, besonders der Kulicke!" Frau Teltow trug immer noch schwer an vermeintlicher Schuld.

Kulicke sprang schließlich über seinen Schatten und stieg die Treppen zu ihr hinauf: „Na, nu komm' Se doch schon mit – nu lassen Se Ihn' doch nich so bitten!" Schließlich willigte Frau Teltow ein, doch beinahe hätte Kulicke wieder alles verdorben, als er sich an der Tür umdrehte und sagte: „Aba machen Se denn ooch'n freundlichet Jesichte! Die Deprimier-Masche, die kann ick nämlich nich aussteh'n!"

Dann saßen wir endlich doch alle unter Kulickes Apfelbäumen und ließen es uns schmecken. Die Biermann-Jungs balgten sich im Gras, und Piefke ärgerte die Hühner. Wir winkten den nun wieder öfter verkehrenden erleuchteten S-Bahn-Zügen zu und erinnerten uns. Kulicke wurde bestürmt, Hitlerwitze zu erzählen, aber er schüttelte den Kopf: „Nee – det macht mir jetzt jar keen' Spaß mehr!"

Doch es gab noch genug anderes zu erzählen. Außerdem zog Kulicke mit seiner bissigen Ironie kräftig über die neue Regierung und die Besatzungsmächte her.

„Kulicke", sagte Frau Teltow ganz erstaunt, „Sie meckern ja immer noch!"

Er nahm die Pfeife aus dem Mund, die Sam ihm zur Feier des Tages mit edlem Shagtabak gefüllt hatte. „Na und?" fragte er. „Warum denn nich? Wenn ick nich jejen wat sein kann, fühl' ick mir nich wohl und's jibt ja Jott sei Dank ooch immer wat zu meckern!"

Sam sprach kein Wort deutsch bis auf „Guten Tag" und „Fräulein". So wie Dimitri alle weiblichen Wesen mit „Frau" angeredet hatte, sagte Sam zu allen „Fräulein", auch zu Frau Kulicke und Frau Teltow. Ich kramte mein Schulenglisch hervor und versuchte, ihn ins Gespräch zu ziehen, merkte aber, daß auch in seiner Muttersprache der Wortschatz nicht allzu groß war. Für Fritzi sprach er hinreichend genug. Sie saßen dicht nebeneinander. Er hatte mit seiner Riesenpranke ihre zarte Taille umfaßt, sie das Köpfchen auf seine breite Schulter gelegt. Er flüsterte ihr ab und zu, für uns alle vernehmlich, „My Honey" oder „My sweet Baby" oder „I love you" ins Ohr.

Eines seiner Worte verstanden wir aber besonders gut, und das war „okay"! Wenn Sam etwas aus seinen ausgebeulten Uniformtaschen hervorzog und auf den Tisch warf, wie jetzt eine Flasche Whisky, fragte er mit einem jungenhaften Grinsen: „Okay?"

„Okay!" brüllten wir im Chor. Er strich sich dann über sein kurzgeschorenes Stoppelhaar und lachte laut.

Damals brauchten wir eigentlich keinen Alkohol, um miteinander fröhlich zu sein. In diesen schweren Zeiten schafften wir ein heiteres Fest auch so, aber Whisky hatten die meisten von uns überhaupt noch nie getrunken und, wie Kulicke sagte: „Man muß Erfahrungen sammeln!"

Uns „Fräuleins" trieb das hochprozentige Getränk

erst einmal die Tränen in die Augen, aber der Friseur, Ewald, Hinze und Kulicke waren hingerissen. Kulicke nahm einen Schluck und verstieg sich zu folgendem Superlativ: „Junge, Junge, wenn der unten ankommt, denn klatschen ja die Nieren in die Hände vor lauter Bejeisterung!“

Unser zweites Liebespaar an diesem Abend, dessen Verbindung wir eigentlich feierten, benahm sich ganz anders als Sam und Fritzi. Da gab es kein Händchenhalten und Geflüster. Ewald schwieg, trank und prostete allen zu, und Fräulein Hinze, das auch im Sitzen einen Kopf größer als der Verlobte war, sagte, wenn ein Stuhl zu holen, eine Kerze in den Lampions auszuwechseln oder für den Nescafé Wasser aus der Pumpe zu holen und auf dem Spirituskocher aufzusetzen war: „Laßt man, Ewald macht det schon!“

Und Ewald stand auf, tat, was von ihm erwartet wurde, und ließ sich dann wieder freundlich grinsend auf den Stuhl neben seiner Braut fallen. Doch der ungewohnte Whisky störte seinen Gleichgewichtssinn und einmal fiel er nicht auf, sondern neben den Stuhl. Fräulein Hinze half ihm hoch, klopfte ihm den Sand ab und meinte streng: „Aber Ewald, so wat machste nich wieder!“

Schließlich sangen wir „Trink, trink, Brüderlein trink“, „Da saß ick mit de Emma uf de Banke“ und „Das ist die Berliner Luft, Luft, Luft“ – aber nicht das

Wolgalied. Frau Teltow und Fräulein Hinze ließen zweistimmig „Mariechen saß weinend im Garten“ ertönen, was bewirkte, daß Ewald die Augen naß wurden und Fritzi sich enger an Sams mächtigen Brustkasten klettete.

Es war ein schönes Fest. Wir saßen beisammen unter den Bäumen und sahen dem Verglimmen der Lampions zu. Piefke schlief auf Frau Kulickes Schoß. Ab und zu fiel ein Apfel in das Gras. Es roch nach Lauch, Sellerie und den Hühnern. Irgendwo bellte ein Hund, und ein S-Bahn-Zug fuhr ratternd vorbei, der Stadt zu. Wir waren still geworden, bis Kulicke sagte:

„Et is doch jar nich so übel,
det wa überlebt ham!“

Hans Kossatz wurde 1901 in Brandenburg geboren. Sein brennender Wunsch, Förster zu werden, scheiterte an der wirtschaftlichen Situation der damaligen Zeit.
Der Beamtensohn mußte einen technischen Beruf ergreifen, um, wie seine Mutter sagte, seinem Bastlerdrang zu genügen. Nach Studium und glänzendem Abschluß erhielt er eine Stellung als Ingenieur bei Siemens. Doch schon bald waren Kossatz' Skizzen und Karikaturen für Betriebszeitungen und Feste *die* Ereignisse, und so lag es nahe, daß der Ingenieur mit künstlerischen Ambitionen Aufmerksamkeit bei den Redaktionen bekannter Verlage erregte, so zum Beispiel bei den „Lustigen Blättern".
Hans Kossatz wechselte den Beruf und wurde Karikaturist. Damit begann eine glänzende Karriere als freier Zeichner bei Scherl und Ullstein. Kossatz machte Bekanntschaften mit Zille, Simmel und Walter Trier.
Nach dem Kriege zeichnete „Kossi" – wie ihn seine Freunde nennen – für Berliner Zeitungen. Seine humorvollen Bilder machten ihn weit über Berlin hinaus bekannt.
Kossatz liebt nicht den krachschlagenden Kalauer, sondern den kristallklaren, echten Berliner Witz.
Heute ist Hans Kossatz der „Große Alte" des Berliner Humors.

Berlinisches
von jebornen, jewordnen und anjelernten Berlinern

Liselotte und Armin Orgel-Köhne / Jürgen Grothe:
Zitadelle Spandau
Ein europäisches Bauwerk. Mit zahlreichen Abbildungen und einer Einführung in die Geschichte des Festungsbaus

Ehrhardt Bödecker: **Die grüne Stadt am Beispiel Berlin**
Ein einmaliges, ganz und gar subjektives Buch in Bild und Text über die grüne Stadt Berlin

Samuel Heinrich Spiker: **Berlin und seine Umgebungen im neunzehnten Jahrhundert**
Mit 105 Ansichten auf 52 Tafeln im Lichtdruck und beschreibendem Text

Carl Philipp Melms: **Chronik von Dahlem**
1217 bis 1945: Vom Rittergut zur städtischen Domäne

Adolf Glaßbrenner: **... ne scheene Jejend is det hier!**
Herausgegeben von Kurt und Gerda Böttcher. 16 Farbtafeln, 120 einfarbige Illustrationen von Theodor Hosemann und anderen zeitgenössischen Zeichnern. Das neue Glaßbrenner-Volksbuch

Adolf Glaßbrenner: **Altes gemütliches Berlin**
Geschichten und Szenen, illustriert von Marga Karlson

Adolf Glaßbrenner: **Wie war Berlin vergnügt**
Noch eine Auswahl an Vergnüglichem

Jonny Liesegang: **Det fiel mir uff!**
Schnafte Geschichten und dufte Bilder

Jonny Liesegang: **Det fiel mir ooch noch uff!**
Noch einmal: Schnafte Geschichten und dufte Bilder

Jonny Liesegang: **Da liegt Musike drin!**
Neue Geschichten und Bilder

Jonny Liesegang: **Det fiel mir trotzdem uff!**
Neue Geschichten und Bilder

arani-Verlag Berlin